Jochen Schimmang
Abschied von den Diskursteilnehmern
Neue Geländegänge

Edition Nautilus

Edition Nautilus GmbH
Schützenstraße 49 a
D - 22761 Hamburg
www.edition-nautilus.de

Erstausgabe März 2024
Umschlaggestaltung:
Maja Bechert
www.majabechert.de
Porträt des Autors Seite 2:
© Karin Eickenberg

FSC
www.fsc.org
MIX
Papier aus verantwortungsvollen Quellen
FSC® C083411

Druck und Bindung:
CPI – Clausen & Bosse, Leck
1. Auflage
ISBN 978-3-96054-338-1

Ach, weißt du, das ist so seine Art, die Dinge auf den Kopf zu stellen, und dann sieht er sich die Bescherung an, perplex wie ein junger Hund, der seine Kacke ansieht.

Julio Cortázar, *Rayuela*

Er versucht, einen Diskurs zu halten, der nicht im Namen von Gesetz und/oder Gewalt zur Aussage kommt: dessen Instanz weder politisch, noch religiös, noch wissenschaftlich ist; der gewissermaßen das Übrigbleibende und der Zusatz aller dieser Aussagen wäre.

Roland Barthes, *Über mich selbst*

Anfangsfinder Wäre er ein Ding, wäre er vielleicht der Anfangsfinder einer Cellophanverpackung, oder der Stopper für eine Vorhangschiene. Eventuell auch ein Türschlossenteiser oder ein Lesezeichen. Etwas in bescheidenem Rahmen Nützliches jedenfalls. In gewisser Weise unverzichtbar, solange unsere Gattung existiert. Der Rest der Welt, der unsere Gattung überleben wird, braucht weder Anfangsfinder noch Stopper, weder Türschlossenteiser noch Lesezeichen.

Wäre er ein Tier, gehörte er einer Spezies an, die einen langen Winterschlaf hält.

Aktive Alte Er kann seine Abneigungen (akzeptabler klänge: *Idiosynkrasien*) nicht begründen. Eine davon gilt den aktiven Alten, die allen möglichen Vereinen und Gesellschaften angehören, dreimal im Jahr an einer geführten Bildungsreise teilnehmen, regelmäßig Soireen oder Matineen geben oder jedes Jahr

im Sommer eine Fahrradtour von insgesamt mindestens 1000 Kilometern machen. Die noch voll und ganz *aktiv am Leben teilhaben.*
An welchem?

Die jungen, schlecht bezahlten Führer jener Studienreisen fürchten dabei niemanden so sehr wie die pensionierten Oberstudienräte, die es – tatsächlich! – besser wissen. Alte sind Besserwisser und sollten sich zurückhalten. Das gilt auch für ihn selbst.

Macht und Fett Eine zweite Idiosynkrasie (das Wort gefällt ihm jetzt immer besser: es hat Chic) gilt fetten Menschen. Er weiß, dass er mit dieser pauschalen Abneigung *ungerecht* ist, weil Adipositas nicht selten krankheitsbedingt ist. Aber für ihn besteht ein unauflöslicher Zusammenhang zwischen Macht und Fett, für den er hinreichend Beispiele aufzählen kann, von Franz Josef Strauß über Helmut Kohl (der in Stresssituationen pure Butter in sich hineinstopfte) bis zu Donald Trump und Viktor Orbán. Letzterer ist ein idealer Beleg für seine These, wenn man Fotos des Orbán von 1989 oder 2001 mit denen von heute vergleicht.

Dabei lässt er sich durch dünnere Kleptokraten nicht täuschen, auch nicht durch die iranischen Mullahs, deren Kleidung ihre Körperformen verhüllt. Zudem weiß er, dass die Fettsucht auch und gerade eine Krankheit der Ohnmächtigen ist. Vor ihnen, die am Ende keine andere Wahl haben als zuzuschlagen, hat er am meisten Angst.

Ein Gespräch über Bäume Wochenmarkt, zwei Minuten Fußweg von seiner Wohnung, dienstags donnerstags samstags. Der Obstbauer aus dem Alten Land, der dort seinen Stand hat, sagt auf seine Nachfrage, er werde über Weihnachten und Neujahr zweitausend neue Bäume pflanzen – »wenn der Boden es zulässt«. Als er im Januar wieder da ist, berichtet er: »Habe nur tausend geschafft. Die Erde war oft zu hart. Aber der Rest kommt noch.« Stillschweigende Hochachtung.

Zuhause, Nahbereich Der große Platz, auf welchem der Markt dreimal wöchentlich stattfindet, war in den letzten beiden Jahrhunderten unter anderem preußischer Exerzierplatz, Ort einer so genannten Hindenburgfeier mit dem Namensgeber persönlich, dann »Platz der SA«, Paradeplatz für die Bundeswehr. Er war seit dem neunzehnten Jahrhundert gerahmt von Infanteriekasernen und einer Militärakademie, erbaut im klassizistischen Stil, die später Landtagsgebäude, Säuglingsheim und schließlich Standesamt wurde. Noch sehr viel früher war der Platz eine Weide vor den Toren der Stadt und danach Marktplatz für den Pferdehandel, was ihm bis heute seinen Namen gibt: Pferdemarkt; ein Name, der einzig in tausendjähriger Zeit für zwölf Jahre geändert wurde. Er war, besonders in den zwanziger und dreißiger Jahren, Schauplatz politischer Kundgebungen. Seit 1877 war er Schauplatz des Kramermarkts, des herbstlichen Volksfests, bis er ab 1963 die wachsende Zahl der Schausteller nicht mehr fassen konnte. Willy Brandt hielt hier 1961 eine Wahlkampfrede. Dem folgte bei der Fußball-WM 2006, dem so genannten Sommermärchen, seine Funktion als Ort des *Public Viewing*. Außerhalb der Markttage dient er mit seinem erheblichen Fassungsvermögen als Parkplatz.

Wenn er aus der Innenstadt auf dem Nachhauseweg auf ihn zugeht, stellt sich seit einigen Jahren ein eigenartiges Gefühl ein, das er in dieser Intensität außerhalb seiner Kindheit nie zuvor gekannt hat. Wohl war ihm manches in den Städten, in denen er früher lebte, vertrautes Gelände, den Begriff des Zuhauses hätte er aber, vorsichtig, ausschließlich auf einige seiner Wohnungen angewandt.

Das heutige Zuhause-Gefühl verstärkt sich, sobald er den annähernd quadratischen Platz von südöstlicher in nordwestliche Richtung überquert und dann in den schmalen Durchgang eintaucht, den Johannisgang, der am Kino vorbeiführt. Hier findet ein beeindruckender Atmosphärenwechsel statt. Der Verkehrslärm aus dem großen Verteilerkreisel jenseits des Pferdemarkts verstummt plötzlich, und an seine Stelle tritt ein stark gedämpfter Geräuschpegel, der das Gefühl von Geborgenheit vermittelt. Hier beginnt das kleine Quartier, aus wenigen Straßen bestehend (die gewissermaßen ein Viertel in einem größeren Viertel sind), die er explizit mit dem merkwürdigen Topos *Zuhause* bezeichnen würde. Hier fühlt er sich *geschützt*, während er sich im Rest der Welt oft *ausgesetzt* fühlt.

Dabei ist er immer des Satzes eingedenk: *Im Universum ist niemand zu Hause.* (Der Bienenzüchter Lars Lennart Westin, aufgezeichnet von Lars Gustafsson 1978)

Das Imaginäre, mobil: nautisch Er liebt die Phantasie, als Mitglied der Crew – Gastronomie, Technik, Einweisung der Fahrzeuge auf die Parkdecks – auf einer Fähre zu arbeiten, idealerweise Norddeich–Norderney–Norddeich, ein Traum vom gleichmäßigen Pendeln zwischen Festland und Insel, das er sich besänftigend vorstellt; ein Nomade zwischen Wasser und Land. Wo würde er sein Lager aufschlagen, jenseits der Arbeit? Auf dem Festland, das ihn mit dem ganzen restlichen Land verbindet, auch wenn das vollständig in seinem Rücken liegt? Oder auf der Insel selbst, die ihn vorm Rest des Landes zuverlässig schützen würde? Er weiß, dass die Frage sich leider von selbst beantwortet, denn auf der Insel gibt es für Menschen seiner Einkommensklasse keinen Wohnraum mehr.

Das Imaginäre, mobil: terrestrisch Das terrestrische Pendant dieser Phantasie ist das des Kurierfahrers, der täglich eine bestimmte Strecke fährt und auf der Rückfahrt immer an demselben, mit *Les Routiers* gekennzeichneten Gasthaus an der Straße haltmacht. Das geht auf eine längst vergangene, süddeutsche Periode seiner Erwerbsbiografie zurück, als er zusammen mit einem Freund und Kollegen dreimal wöchentlich etwa 200 Kilometer (hin und zurück) zwischen Wohnort und Arbeitsort pendeln musste. Trügt ihn seine Erinnerung? *Les Routiers* in Deutschland? (Allerdings im Südwesten.) Der Stopp im LKW-Fahrer-Restaurant war jeweils das Leuchtfeuer des gesamten Tages. Der Freund (seit Schulzeiten) ist nun schon Jahre tot.

Im Gegensatz zu damals, wo ihrer beider Arbeit pädagogischer Art und mit viel Kommunikation verbunden war, wäre diese beim Arbeitstag des Kurierfahrers sehr reduziert. Es geht ums Ein- und Ausladen, ums Unterschreiben, ein paar Worte Smalltalk, weitgehend standardisiert. Das kommt seiner semi-autistischen Grundverfassung entgegen.

Das Imaginäre, stationär Das stationäre Phantasma versetzt ihn in die elegante Geschäftslage einer kleinen Großstadt. (Großstadt = jede Stadt ab 100 000 Einwohnern, nach der Definition der Internationalen Statistikkonferenz von 1887.) Dort betreibt er, flankiert von einem Juwelier links und einem »exklusiven« Herrenmodegeschäft rechts, einen Schreibwarenladen. Man kann bei ihm keine einfachen Schreibblöcke,

Ringhefte oder Kugelschreiber kaufen, wohl aber Briefblöcke mit Büttenpapier, selbst einzelne Bögen mit den dazu passenden Umschlägen. Man kann schön gebundene Bücher (nicht Hefte) in verschiedenen Formaten kaufen, mit Lesebändchen, liniert, kariert und blanko, aber keine Rechnungsbücher oder Kalender: der Laden ist kein Bürofachgeschäft. Dagegen hält er das Füllfedersortiment zweier führender Unternehmen aus Hannover und Hamburg vor, die Bleistiftsortimente aus Nürnberg und Stein (Mittelfranken), hochwertige Kugelschreiber und passende Lederetuis, etwa von Treuleben.

Im Laden herrscht angenehmes Halbschattenlicht, einerseits nicht die düstere Schwere früherer Kontore, andererseits nicht die gläserne Helle und platte Transparenz neuerer Einkaufspassagen. Es geschieht selten, dass die zweistufige Ladenklingel (ein absteigender, sonorer Glockenton) ertönt und jemand seinen Laden betritt, meist eine Einzelperson. Bis dahin sitzt er vielleicht in dem kleinen Verschlag, der ihm als Büro dient, und liest; manchmal nimmt er einen kirschfarbenen oder grünen Bogen aus seinem Angebot edler Papiere und einen weichen Bleistift und beginnt zu kritzeln, eine Mischung aus Schrift und Bild; im banalsten Fall macht er seine vierteljährliche Umsatzsteuervoranmeldung. Die Einzelperson, die sein Geschäft dann betritt, weiß in der Regel ungefähr, was sie will; sein Laden ist keiner, in dem Leute sich »einfach mal umschauen« wollen. Ein Herr erwirbt fünf einzelne, verschiedenfarbige Briefbögen und die dazu passenden Umschläge. Eine Stunde danach kommt eine junge Frau, eine Studentin vielleicht, und wendet sich gezielt den Büchern der Leuchtturm-Reihe zu, bis sie ein 250-Seiten-Blanko-Exemplar in der Farbe *Puder* gefunden hat. So lange hat sie danach gesucht, erzählt sie ihm beim Bezahlen, und nur hier konnte sie es finden.

Die kleine Großstadt, in die ihn sein Phantasma versetzt, ist anfangs unbestimmt, stellt sich aber nach kurzer Zeit immer deutlicher als Grenoble heraus. Dem liegt offenkundig eine Erinnerung an einen Nachmittag vor dreißig Jahren zugrunde, als er gegen Ende einer mehrwöchigen Frankreichreise dort angekommen war, die Lavendelgerüche eines völlig überlaufenen Touristen-Bazars namens Saint-Rémy-de-Provence hinter sich lassend. Diese Stadt nun war die eleganteste, zivilisierteste, die er auf dieser Reise gesehen hat; selbst die Augustsonne schien hier nachsichtiger zu brennen als in Sète, von wo er mittags vor den Gerüchen von Fisch und Sonnenöl geflohen war. Er ging über die Boulevards des Zentrums und nahm auf der Terrasse eines »einladenden« Cafés Platz: dieses von ihm verabscheute Klischeewort schien ihm an diesem Ort völlig angemessen. Dann ging er weiter und stand unvermittelt vor dem Geburtshaus von Stendhal, das nun zum *Musée Départemental de la Résistance et de la Déportation* geworden war. Er trat ein und verließ es eine halbe Stunde später unter Tränen, fort aus der Barbarei und zurück in die Straßen der Zivilisation, die ihn so glücklich gemacht hatten.

»Es ist niemals ein Dokument der Kultur, ohne zugleich ein solches der Barbarei zu sein.« Er hat damals bestimmt nicht an Walter Benjamins berühmten Satz gedacht, aber dieser gab seine Lage wieder. Er hat dann zielsicher, ohne sie zu suchen (genau wie bei Stendhals Geburtshaus), die Universitätsbuchhandlung gefunden und dort in der strengen weißen Reihe der *Editions de Minuit* Robbe-Grillets nicht nur ersten, sondern mit Abstand auch besten Roman *Les Gommes* gekauft, eine Geschichte, die er zum ersten Mal in seinem letzten Schuljahr gelesen hat (natürlich in deutscher Übersetzung): Ödipus an der Küste, vielleicht in Brest, Cherbourg oder Dieppe.

Essai Seit einiger Zeit ist seine Aufmerksamkeit für die verschiedenen Essaiwettbewerbe gestiegen (er nimmt sich wegen Montaigne die Freiheit, den *essai* französisch zu buchstabieren). Vor allem im universitären Bereich gibt es viele solcher Wettbewerbe; ob den Gewinnern damit beim jeweiligen Fortgang ihrer akademischen Karriere geholfen ist, vermag er nicht zu entscheiden. Es geht beinahe immer darum, eine *Frage* zu beantworten (»Was haben sich die Geistes- und die Naturwissenschaften heute noch zu sagen?«) oder ein *Thema* zu bearbeiten (»Was uns verbindet, was uns trennt. Dreißig Jahre deutsche Einheit«), wobei die Fragen und Themen in der Regel von erheblicher Wucht (und Allgemeinheit) sind. Darin gleichen sie den Themen von Schulaufsätzen (er selbst hat seinen Abituraufsatz über »Der Mensch ist dem Menschen ein Wolf« geschrieben), und der durchdachte, gut gegliederte Aufsatz ist es auch, der verlangt wird: Einleitung, Hauptteil, Schluss.

Also nichts mehr von der ursprünglichen Semantik des *essayer*, des Versuchens. Da hat jemand im besten Fall lange nachgedacht und teilt uns im Anschluss in übersichtlicher Form seine Ergebnisse mit. Nichts von dem Kuddelmuddel, von dem Hölzchen auf Stöckchen, das so oft bei Montaigne zu finden ist, nichts vom fragmentarischen Aufblitzen (und Verlöschen) eines Bildes bei Pascal (das Schilfrohr!). Keine fröhliche Wissenschaft, kein Mann ohne Eigenschaften, keine Benjaminsche Einbahnstraße und keine Gustafssonsche Abschweifung: *Wir fangen noch einmal an. Wir geben nicht auf.*

In seiner lebendigsten Form ist ein Essay pragmatisch, ein spezifischer Intellekt zu einem bestimmten Zeitpunkt, der herauszufinden versucht, was er denkt. Schreibt John Palatella, Redakteur der US-amerikanischen Zeitschrift *The Point* und Essayist in verschiedenen amerikanischen und britischen Blättern. Es versteht sich von selbst, dass die Ergebnisse eines solchen Versuchs nie endgültig sein können. Da Erkenntnis immer nur eine Annäherung ist, schreibt Palatella, sind gute Essayisten mit ihren Einsichten nie lange zufrieden. Daher: *Wir fangen noch einmal an. Wir geben nicht auf.*

Vorschläge für künftige Essaiwettbewerbe:

1. Hatte Hegel vielleicht doch recht, und wenn ja, womit eigentlich?
2. Ein Kosmopolit, der nur noch ungern und gezwungenermaßen reist, bleibt der ein Kosmopolit?
3. Können Theorien »richtig« sein?
4. Ein Elefant, dem Sie gerade gesagt haben, er habe ein Gedächtnis wie ein Elefant, wie wird der reagieren?
5. Wenn der Mensch dem Menschen ein Wolf ist, was ist dann der Wolf dem Wolfe?
6. Ist ein Reaktionär, der sich selbst so bezeichnet, wirklich einer oder nicht nur ein Möchtegernreaktionär?

Medial Das Webportal, das er nutzt, bietet von Anfang an täglich den *Ukraine-Krieg im Liveticker.* Er nutzt das Angebot ebenso täglich und ergänzt für sich im Stillen: »und jetzt schon in der Mediathek«.

Ein Literaturkritiker ritt einmal öffentlich-rechtlich in einer Reiterkluft auf einem echten Pferd neben einer Schriftstellerin auf einem ebenso echten Pferd einher, und beide besprachen derweil dies und das. Mehr ist dazu eigentlich nicht zu sagen.

Bei den Nachrichten über die verheerenden Waldbrände in Südwestfrankreich denkt er: gut, dass Roland Barthes das nicht mehr erleben muss. Der Gedanke ist absurd, denn R. B. wäre inzwischen 107 Jahre alt. Aber er denkt an das Haus in Urt und an *Bayonne, Bayonne, ville parfaite.* Dies soll geschützt bleiben.

R. B. / M. F. Seit etwa einem Jahr hat er nicht etwa Schwierigkeiten, sondern keine Lust, er würde fast sagen *keine Böcke mehr*, Foucault zu lesen. Diese Idiosynkrasie (segensreiches Wort!) muss sich im Laufe der Jahre entwickelt haben, ohne dass er es wahrgenommen hat. Sie ist vermutlich auf Basis der Kontrastfigur Roland Barthes gewachsen, die sich ihrerseits spätestens seit den Achtzigern (als Wiederentdeckung noch aus der Schulzeit) zu einem seiner Hausgötter entwickelt hat.

Eines Tages hat er das Wort für das gefunden, was ihm an M. F. zunehmend unangenehm wurde: das *Strebersyndrom.* M. F. hatte vermutlich keine andere Wahl. Der Vater: Chirurg in Poitiers und Professor für Anatomie an der École de Médecine. Sohn eines Chirurgen, der die Tochter eines Chirurgen geheiratet hat. Die Familie, vor allem von der Seite der Ehefrau, ist reich. Das Haus, das Mme Foucault zwanzig Kilometer von Poitiers entfernt besitzt, nennen die Einheimischen nur »das Schloss«. M. F. und seine Geschwister: Kinder der örtlichen Großbourgeoisie. Für sie alle ist mit ihrer Geburt ein Platz in der Gesellschaft reserviert, den nur sie selbst aufs Spiel setzen können.

Der Familienroman von R.B. ist in einem anderen Milieu angesiedelt und beginnt gleich mit dem Tod des Vaters. Seine Mutter, keineswegs begütert, ist die Witwe – offiziell Kriegerwitwe – des 1916 in einer Seeschlacht getöteten Louis Barthes, ehemals bei der Handelsmarine, im Krieg Kommandeur eines Patrouillenboots. R.B. ist ein knappes Jahr zuvor geboren. Er ordnet seinen Geburtsort Cherbourg mit Recht dem biografischen Zufall zu, der im Zusammenhang mit der Stationierung seines Vaters steht. Seine Mutter zieht nach dem Tod ihres Mannes in den Südwesten, nach Bayonne, wo ihre Eltern leben: *Bayonne, Bayonne, vollkommene Stadt … Erstes Imaginarium der Kindheit: die Provinz als Schauspiel, Geschichte als Geruch, die Bourgeoisie als Redeweise.*[1] Seine selbstgewählte Herkunft: der Südwesten. Er sieht sich als Baske oder Gascogner. Daran wird sich später in Paris nichts ändern. Auch dort bleibt er lebenslang einer Provinz innerhalb der Stadt treu: dem sechsten Arrondissement.

Paris ist dagegen das ausdrückliche Ziel von M.F. Nachdem sein Bruder sich für das Medizinstudium entschieden hat – und später Chirurg wird, versteht sich –, ist für Michel (damals noch Paul-Michel, aber er wird den *Namen des Vaters* ablegen) nach dem Abitur der Weg frei in die Vorbereitungsklasse zur ENS in der Rue d'Ulm. Schwierige Bedingungen: Man friert in den Klassenräumen, Poitiers wird öfter bombardiert,

1 Roland Barthes, Über mich selbst, München (Matthes & Seitz) 1978.

vor allem von den Engländern. M. F. hält durch und legt im Mai und Juni 1945 die Prüfung für die ENS ab. Zwei Schüler aus der Klasse bestehen; er selbst gehört nicht dazu. Er ist noch nicht ganz neunzehn Jahre alt.

Auch Barthes möchte mit neunzehn *normalien* werden, gut zehn Jahre früher, gemeinsam mit seinem Freund Philippe Rebeyrol: ENS, dann Gymnasiallehrer oder besser noch eine Professur an einer Universität. Seine Mutter hat nach dem Tod ihres Mannes das Buchbinderhandwerk erlernt, zieht nach Paris und hält sich und ihre beiden Söhne (R. B. hat einen Halbbruder) dort mühsam über Wasser. Es reicht bei R. B. immerhin für das traditionsreiche Lycée Louis-le-Grand, der Weg an die ENS scheint offen, bis er im Mai 1934, ebenfalls noch nicht neunzehn Jahre alt (R. B. und M. F. sind beide Herbstgeborene), einen Blutsturz mit Läsion der linken Lunge erleidet. Abschlussprüfung und Abitur vorerst adieu. Erholung in Bayonne, bei den Großeltern, keine Verbesserung des Zustands. In den folgenden Jahren tritt er in den Orden der Tuberkulösen und der Sanatoriumsbewohner ein. Der Marsch durch die Institutionen der französischen Bildungsmaschinerie bleibt ihm – zu seinem nachträglichen Glück – verwehrt. *Gezwungen, einen anderen Weg zu gehen, wurde er, nach Überwindung vieler Hindernisse, zu Roland Barthes.*[2]

2 Louis-Jean Calvet: Roland Barthes. Eine Biographie, Frankfurt/M. (Suhrkamp) 1993.

M. F. geht im Herbst 1945 nach Paris, um dort einen neuen Anlauf auf die Prüfung für die ENS zu unternehmen. Er bezieht ein Zimmer am Boulevard Raspail, das seine Mutter bezahlt, denn sie will ihm *den Schock eines Gemeinschaftslebens ersparen, das er, wie er erklärt, über alles verabscheut.*[3] Manchmal geht er ins Kino, ansonsten *arbeitet er wie ein Verrückter,* woran sich zeit seines Lebens nichts mehr ändern wird. Die Aufnahmeprüfung im Juli 1946 besteht er ohne Schwierigkeiten. Der Weg ist frei.

Zur selben Zeit ist R. B., nach Rückfällen an der rechten Lunge, seit drei Jahren in verschiedenen Schweizer Sanatorien: Ruhe- und Liegekuren. 1948 startet seine Umwegskarriere als Bibliothekarsgehilfe, dann als Lehrer am Französischen Institut von Bukarest und als Lektor an der Bukarester Universität, danach als Lektor an der Universität von Alexandria: vom Rand Europas nach Ägypten. Zwei Jahre später darf er, durch Protektion unter anderem seines Jugendfreundes Philippe Rebeyrol, nach Paris zurückkehren und in der Kulturabteilung des Außenministeriums arbeiten. Und wohnt wieder bei seiner Mutter, in der Rue Servandoni, nahe Saint-Sulpice. Er wird den größten Teil seines Lebens mit *Maman* zusammenwohnen, die von seiner Homosexualität bis zu ihrem Tod nichts erfahren darf.

3 Didier Eribon: Michel Foucault. Eine Biographie, Frankfurt/M. (Suhrkamp) 1991, stw 3086.

Während R.B. den oben genannten Umwegen folgt, zerfetzt sich M.F. die Brust mit einem Rasiermesser, verfolgt einen Schüler mit einem Dolch, unternimmt 1948 einen Selbstmordversuch, der nicht der einzige bleiben wird, und landet in der Psychiatrie. *Der erste Kontakt mit der Psychiatrie als Institution*[4], eines seiner großen zukünftigen Themen. Um diese Zeit, Mitte des zwanzigsten Jahrhunderts, darf auch ein M.F. sich noch nicht outen und von seinen nächtlichen Streifzügen durch Schwulenbars und Strichergegenden erzählen. Später wird er es tun, offensiv,

während R.B. seine (natürlich intern bekannte) Homosexualität ängstlich vor seiner Mutter bis zu deren Tod geheim zu halten bemüht ist. Er macht aus ihr kein Programm, er wird kein Kämpfer und kein Propagandist. Seine schönste Vorlesung am Collège de France, Februar bis Juni 1978, immer samstags, heißt: *Das Neutrum.* Einige der Stichworte, die dort abgehandelt werden: *Die Erschöpfung. Das Zartgefühl. Der Schlaf.*

M.F. kämpft für die Minoritäten, vor allem die Gefangenen und die Insassen der Psychiatrie, sogar Seite an Seite mit dem Antipoden Sartre. Er beweist auf Demonstrationen großen physischen Mut, was nicht verwunderlich ist für jemanden, der in seiner Adoleszenzphase vor der Selbstverstümmelung nicht zurückgeschreckt ist.

4 Eribon, op. cit.

1968 hat R. B. den Satz *Die Strukturen gehen nicht demonstrieren* nicht erfunden, obwohl er ihm zuweilen zugeschrieben wird. Es waren seine Studenten, die ihn, gleichsam stellvertretend, formuliert haben. An dem betreffenden Tag, an dem dieser Satz geboren wurde, war R. B. gar nicht an der Universität, er hatte, wie er es selbst formulierte, einen Tag *Urlaub von der Revolution.*[5] Er hätte ihm aber zugestimmt, unabhängig davon, ob er je »Strukturalist« war. Er war ein Autor, den von Beginn an der Wunsch trieb, Schriftsteller zu werden. Genauer: Er war, vom Anfang seines Schreibens an, Schriftsteller, lange Zeit vielleicht, ohne es zu wissen. Das gesprochene Wort, die Rede vor der Menge, war nicht seine Sache (die war die Schrift), und von großen Menschenmassen fühlte er sich bedrängt.

M. F. bestritt, ein Philosoph zu sein, und sah sich als Historiker, der die Ordnung des/der Diskurses/Diskurse analysierte. Das war seine Masche. So konnte er sich besser als Wissenschaftler darstellen, als wenn er das Kleid des Philosophen angelegt hätte. Er war der Mann mit dem weißen Rollkragenpullover und dem Lehrstuhl am Collège de France für die *Geschichte der Denksysteme.*

R. B. bekam 1976 am selben Collège den neu geschaffenen Lehrstuhl für *Literarische Semiologie* auf Vorschlag und nach freundschaftlichem Lobbyismus seitens Foucaults. In seiner Antrittsvorlesung Anfang 1977 – im

5 Calvet, op. cit.

Publikum saß selbstverständlich seine Mutter in der ersten Reihe, nachdem er sie zu Beginn der Veranstaltung am Arm zu ihrem Platz geführt hatte: Einzug des Hochzeitspaars – sagte er unter anderem, die Sprache sei *weder reaktionär noch progressiv,* sie sei *ganz einfach faschistisch.* Das Publikum wird mehrheitlich befremdet gewesen sein: der Satz zeigte wieder einmal, dass R. B. kein *echter Wissenschaftler* war. Dabei lieferte er das Argument seiner Wortwahl noch im selben Satz nach: *denn Faschismus heißt nicht am Sagen hindern, er heißt zum Sagen zwingen.*[6] Das ist kaum zu bestreiten.

M. F. war konsequent und starb an AIDS.

Auch R. B. war konsequent, denn er starb nicht an dem Zusammenstoß, den er auf dem Weg ins Collège de France beim Überqueren der Rue des Écoles mit einem Lieferwagen hatte, sondern, einen Monat später, nach dem Befund der Pathologen, am *Auftreten pulmonärer Komplikationen bei einem durch chronische respiratorische Insuffizienz erheblich vorgeschädigten Patienten.*[7] Anders gesagt: die Künstlerkrankheit Tuberkulose holte sich den Entflohenen zurück.

Früher Morgen Hannah Arendt fordert ihn auf, über einen nicht sehr hohen blauen Kasten zu springen. Er

6 Roland Barthes, Leçon/Lektion, Frankfurt/M. (Suhrkamp) 1980, edition suhrkamp 1050.

7 Calvet, op. cit.

folgt ihrer Aufforderung lustlos, aber erfolgreich. Nach dem Erwachen versteht er sofort. Sie verordnet ihm *vita activa*, und er hat noch nicht den Mut dazu, zu antworten: »Ich möchte lieber nicht.« Offen bleibt die Frage, warum der Kasten blau ist.

Heimkehrernovelle Nach reichlich dreißig Jahren verfällt Bernie Schmigardt, so nennen wir einen freien Kulturschaffenden, der viel herumgekommen ist, auf die Idee, in die Kleinstadt zurückzukehren, in der er aufgewachsen ist, um sich dort anzusiedeln. Er ist jetzt Anfang fünfzig und verbindet seine Idee mit dem Gedanken, *einen Kreis zu schließen*, ein für ihn eher wunderlicher Gedanke, weil er sein bisheriges Leben lang nicht an die Kontinuität und die Notwendigkeit geglaubt hat, sondern an den Bruch und den Zufall. Aber er will es versuchen mit der Kontinuität. Der Ort, den er verlässt, um in seine Jugendstadt zurückzukehren, ist Paris, wo er ein Jahr als Gastdozent an der École Pratique des Hautes Études zugebracht hat; größer kann der Kontrast kaum sein. Aber seltsame Ortsveränderungen sind in seinem Leben nichts Neues, sie seien hier im Zeitraffer zusammengefasst: von der Schule aus geht er zum Studium fünf Jahre nach Westberlin, von dort nach abgeschlossenem Studium in einen Ort namens Großhansdorf am Rande des Hamburger U-Bahn-Netzes, weil er dort ein Haus beinahe zum Nulltarif bewohnen kann, nach fünf Monaten weiter nach Wiesbaden, von dort zwei Jahre zu einem weiteren

Studium nach Bochum, das er nach zwei Jahren zugunsten eines Stellenangebots auf der Schwäbischen Alb aufgibt, wo er aber nicht wohnt, sondern wohin er zunächst von einem Vorort von Tübingen und später von einem Ort namens Heimsheim an der A8 Stuttgart–München pendelt (die Entfernung ist beträchtlich), bis er einem besseren Stellenangebot in einem Ort namens Waldbröl im Oberbergischen Land folgt, den er anfangs für wenige Wochen provisorisch bewohnt, dann aber für einen Umzug nach Köln (die Entfernung ist nicht ganz so beträchtlich) verlässt, wo er sich überraschenderweise für zwanzig Jahre festsetzt mit maßvollen Wohnungswechseln im Fünfjahrestakt. Inzwischen hat sich Bernie Schmigardt längst als freier Autor etabliert, der zudem die reichlichen Kontaktmöglichkeiten zu den örtlichen Rundfunksendern nutzt. Hier hätte er für immer heimisch werden können, denn heimisch wird man nur, wo man die ganze Bandbreite des höchsten Glücks und des tiefsten Unglücks erfährt. Das ist dort der Fall, und als er sich vom letztgenannten langsam erholt und überraschend das Angebot für Paris kommt, ihn überfällt, als sei es der kategorische Imperativ selbst, kann er es nicht abschlagen und ahnt zugleich, dass er nicht zurückkehren wird in die Stadt, in der er beinahe heimisch geworden wäre. Nach dem Pariser Jahr also die radikale Lösung, *back to the roots.*

In der Jugendstadt kommt er zuerst gut an, im mehrfachen Sinn des Wortes. Da er einen Namen hat, schreibt die Lokalzeitung über ihn fast wie über die Rückkehr des verlorenen Sohnes. Unter den früheren Mitschülern sind solche, die nach dem Studium direkt zurückgekehrt sind und nun ererbte väterliche Geschäfte führen, die sie sogar schon bald an die eigenen Kinder weitergeben werden, einer ist Sparkassendirektor und ein anderer Gymnasiallehrer mit Kurs auf den Ruhestand, ein anderer, ebenfalls mit Kurs auf den Ruhestand, ist Richter geworden. Sie begrüßen ihn freundlich in der Stadt, aber seine Vorstellung, er könne nun ihren Kreisen angehören, erweist sich bald als Irrtum. Er schreibt eine Serie für die Lokalzeitung mit Erinnerungen an die Stadt seiner Jugend, die freundlich aufgenommen wird, aber nach fünf Folgen ist sie erschöpft und die Resonanz verblasst nach und nach. Er hält einen Vortrag vor dem örtlichen Lions Club und bekommt ein angemessenes Honorar, aber weder der Gymnasiallehrer noch der Sparkassendirektor noch der Supermarktchef lädt ihn zu sich nach Hause zum Essen ein. Die anderen Jugendfreunde sind nicht zurückgekehrt und verfallen auch nach dreißig Jahren nicht auf den Gedanken, das zu tun. Also bricht Bernie Schmigardt, nachdem er an den Tresen der kleinen Stadt ein paar nette Leute kennengelernt hat, woraus aber weiter nichts gefolgt ist, seine Zelte nach zwei – oder waren es drei? – Jahren ab und macht sich im Anschluss an diese missglückte Rückkehr auf den Weg zur nächsten, nach Westberlin.

Dort begegnet ihm die Unmöglichkeit der Rückkehr nicht in der Gestalt der ehemaligen Freunde, von denen er kaum noch etwas weiß und die er auch nicht sucht. Aber was einmal eine Stadt war, ist jetzt nur noch Teil einer Stadt, zumal ein seinem Eindruck nach stark vernachlässigter Teil, den die neue Hauptstadt einfach verschluckt hat. Zwar trifft er im Stadtteil Charlottenburg auf ein beachtliches Beharrungsvermögen, was alte Stätten der Gastronomie und sicher auch die älteren Bewohner angeht, von denen dem Hörensagen nach auch zwei Jahrzehnte nach dem Mauerfall einige noch immer nicht *drüben* gewesen sind. Insgesamt aber ist die Stadt als ganze und damit auch das schrecklich-schöne alte Westberlin von einem vollkommen neuen Publikum übernommen worden, das jung, voller Pläne und vor allem mobil ist, weil ihm keine Mauer mehr Grenzen setzt. Kreuzberg, das nun in der Mitte liegt, schmerzt besonders. Nach fünf Wochen in einem Rbnb-Apartment in der Prinzenstraße ergreift er die Flucht und zieht weiter,

unter Überspringen der Stationen Großhansdorf, Wiesbaden und selbst Bochum nach Tübingen. Dort findet er vorhersehbar die lässige und manchmal auch schmuddlige Universitätsstadt der siebziger Jahre nicht mehr wieder, was Kundige ihm auch vorher hätten sagen können, ja was ihm selbst eine einigermaßen aufmerksame Zeitungslektüre hätte vermitteln können. Nach einem halben Jahr, in dem er ernsthaft versucht, sich in den gentrifizierten Mikrokosmos einzuleben, kapituliert er und kehrt nun heim, so denkt er wirklich, kehrt unter Überspringen der Station Waldbröl *heim* nach Köln,

wo er hier und da noch auf alte Freunde trifft, die er in ihren Wohnungen besucht und die ihn in seiner Wohnung in der Spichernstraße besuchen oder mit denen er essen & trinken geht. Das Personal in den Rundfunkanstalten allerdings ist weitgehend ausgetauscht, seitdem er die Stadt verlassen hat, aber da die Kontakte zu den einzelnen Redaktionen nie ganz abgerissen sind, braucht er nicht unbedingt den persönlichen Kontakt. Die Stadt, mit ihrem von Generation zu Generation weitergereichten Hedonismus und der gleichzeitig weitergereichten Melancholie, mit ihrem verrufenen Kardinal & Erzbistum, ihrer in der Nachkriegszeit entschlossen verbauten Innenstadt, zweigeteilt von einer Schnellstraße mit dem Rasanz vermittelnden Namen Nord-Süd-Fahrt, ihren nicht nur tagsüber, sondern auch abends belebten Ringen von Ubier bis Hansa, ihren hässlichen Plätzen, die es nur dem Namen nach sind, ihrem schlicht Eff-zeh benannten Fußballverein, dem er seit seiner frühen Jugend und den lässig erhobenen Armen des Spielers Karl-Heinz Schnellinger am 12. Mai 1962 nach souveränem Gewinn der ersten Deutschen Meisterschaft anhängt, die Stadt Köln mit all ihren Pleiten, Pech und Pannen & Archiveinstürzen & ihrer lokalpatriotischen Folklore scheint ihm anfangs Heimstatt zu bieten. Allerdings ist das nur so lange der Fall, wie er mit einem Bein außerhalb der Stadt steht und seine Reserve wahren kann. In je mehr nicht nur alte, sondern auch neue Beziehungen er verwickelt wird, desto mehr gerät er ins Schwimmen, und wie eine große Welle scheint das Leben in der Stadt über ihm zusammenzuschwappen und ihm am Ende keinen Fluchtpunkt mehr zu bieten. Deshalb ist Bernie Schmigardt eines Tages, hast du nicht gesehen, wie vom nicht nur Kölner Erdboden verschwunden. Erst nach einem Jahr erhalten einige seiner Freunde jeweils einen gleichlautenden Brief aus dem Nirgendwo, in dem es heißt, er habe eine schöne Hochhauswohnung (fünfter Stock) in einer europäischen Stadt gefunden, die keinen klangvollen Namen habe, und in der man ihn freundlich behandele und darüber hinaus in Ruhe lasse. Zudem verstehe er die Sprache kaum, sei mit nichts behaftet, hänge an keinem und keine(r) hänge an ihm, dies sei bisher ein Jahr gewesen ganz ohne Vergleich.

Einen Absendeort kann man dem Briefstempel nicht entnehmen, weil heutige Briefstempel nur noch von einem *Briefzentrum* raunen. Seitdem suchen, jedoch eher halbherzig, einige der Benachrichtigten Bernie Schmigardt, grübeln an trüben Herbstabenden darüber nach, wo er wohl sei und wovon er eigentlich lebe, denn gehört oder gelesen hat man seit seinem Verschwinden nichts mehr von ihm. Wo mag Bernie Schmigardt sein? Bisher ist alle Recherche vergeblich.

Zeitenwende Die Rede von der Zeitenwende amüsiert ihn beinahe. Der Überfall Russlands auf die Ukraine war schließlich lange erahnbar und durch die Annexion der Krim längst eingeleitet. Dass »der Westen« auf die damalige Annexion verhalten reagiert hatte, zeugt davon, dass er sich des geplanten Prozesses, dessen Teil diese Annexion bildete, sehr wohl bewusst war. Die Devise hieß: abwarten, was weiter geschieht und wann man reagieren muss. Die Annexion der Krim reicht noch nicht.

Im deutschen Rahmen zeugt der Begriff der Zeitenwende von geradezu grotesker Provinzialität. Nur weil in der Bundesrepublik Deutschland nach und nach ein politischer Bewusstseinswechsel stattfand/stattfindet, handelt es sich noch lange nicht um eine Zeitenwende, sondern um ein reichlich lokales Ereignis. Anderswo war der Blick schon früher geschärft.

Er selbst war 2013 beruflich zusammen mit seiner Frau für eine Woche in Putins Reich. Bei der Ankunft auf dem Flughafen in Moskau musste er bei der Kontrolle seinen Gürtel ablegen und bekam ihn nicht wieder. Kein Vorwurf gegen die brüske Uniformierte, die ihn kontrollierte: wo die Kleptokratie als Staatsform herrscht, müssen auch die niederen Chargen sehen, wie sie über die Runden kommen. Es gelingt ihm erst auf der dritten Station der Reise, einen neuen Gürtel zu kaufen. In Wolgograd wird ihm bei über 40 Grad in der Sonne der Aufstieg auf den Mamajew-Hügel und die martialische

Wachablösung im Ehrenmal nicht erspart, begleitet und kommentiert von einer glühenden Stalinistin, deren Spott- und Hassobjekt Nikita Chruschtschow ist. Nach seiner Rückkehr träumt er 14 Tage lang, man wolle ihn nicht wieder herauslassen.

Zeitenwenden waren solche Ereignisse wie das Ende des Zweiten Weltkrieges und das Jahr 1989/90 mit dem Ende des Kalten Krieges, das eine völlig neue geopolitische Lage schuf und auf das zwangsläufig, auch in Europa, die heißen Kriege folgen mussten, was damals aber nur wenige erkannten. Keine Zeitenwenden waren solche Ereignisse wie der Angriff auf die Twin Towers 2001 oder die Entwicklung zum Islamischen Staat. Das war einfach nur »Geschichte« – und ihr *gräßlicher Fatalismus.*[8]

Einer seiner Freunde verwandelt in einem Brief die »Zeitenwende« ironisch in die »Seitenwände«. So passt es besser.

Die Meinungsfreude, die Inquisition Die allgemeine Meinungsfreude, die etwa die *Talkshow* genannten Debattierklubs im Fernsehen dokumentieren, stört ihn nicht weiter, weil er erstens jederzeit weiterzappen kann, wenn die Erträglichkeitsgrenze erreicht ist, und diese Gesprächsrunden zweitens vornehmlich der Selbstdar-

8 Büchner an Wilhelmine Jaeglé, Brief aus dem Jahr 1834, in: Georg Büchner, Werke und Briefe, München (dtv) 1965.

stellung der Teilnehmer dienen und es auf die Inhalte weniger ankommt. Für viele Menschen, auch im privaten Gespräch, hat die Äußerung einer Meinung oft eine Entlastungsfunktion; er nimmt sich selbst nicht aus.

Die nächste Stufe ist schon bedrohlicher. Sie nimmt zugespitzt die Form des klassischen Satzes »Aber Sie müssen doch eine Meinung haben« an. Niemand »muss« aber eine Meinung haben, und das Recht auf Meinungsfreiheit wird nicht dadurch gefährdet, dass jemand davon keinen Gebrauch macht.

Die nächste Stufe hat die Form »Sie müssen Position beziehen«, die notwendig in den Schritt »Sie müssen es aussprechen« mündet. Es herrscht nicht das Redeverbot, sondern das Schweigeverbot. Die Inquisition zeigt die Instrumente und verlangt nicht nur, dem Teufel abzuschwören, sondern auch, öffentlich zu bekennen und in den Schoß der Heiligen Mutter Kirche zurückzukehren. Oder, in anderen Fällen, das Schwarzhemd oder die braune Uniform anzuziehen.

Winterhilfe Die deutsche Außenministerin propagiert als Gastgeberin der G7-Staaten mit entschlossener Miene für den kommenden Winter Energiehilfen für die Ukraine, deren Energieversorgung von Russland systematisch kaputtgebombt werden soll. Das Vorhaben der G7 ist löblich, richtig und kriegswichtig. Was ihn dabei irritiert, ist die Tatsache, dass die

Ministerin diesen Plan als *Winterhilfe* bezeichnet und dies auch von den deutschen Medien so weitergegeben wird, ohne mit der Wimper zu zucken. Die Ministerin ist 1980 geboren; sie muss also in der Schule nicht mehr unbedingt etwas über das nationalsozialistische *Winterhilfswerk des deutschen Volkes* gehört haben, für das in nötigendem Stil schon ab 1934 gesammelt wurde, um »in Not geratene Volksgenossen« zu unterstützen. Da sie kein Nachkriegskind mehr ist, kann ihr von Verwandten auch nicht mehr davon erzählt worden sein, womöglich mit dem ausdrücklichen Hinweis, dies sei eine der »guten Seiten« des Dritten Reiches gewesen, weil es das Gemeinschaftsgefühl (die Volksgemeinschaft) gestärkt habe. Dass aber unter Historikern, Journalisten und erfahreneren Mitarbeitern des Auswärtigen Amtes niemand über den Begriff stolpert …

Bonn. Alte Freunde, neue Feinde Das ist der Titel einer deutschen Fernsehserie (sechs Episoden in drei Teilen), die sich bestens in der Gesellschaft anderer Serienwerke zu deutscher Nazi- und Nachkriegszeit tummelt, wie etwa *Unsere Mütter, unsere Väter; Tannbach – Schicksal eines Dorfes; Ein Hauch von Amerika; Die Himmelsleiter; Unsere wunderbaren Jahre; Ku'damm 56 – 59 – 63* und so weiter ad vermutlich infinitum, alles mehr oder weniger im Geiste von ZDF History, Geschichte als Schmonzette und Entertainment, routiniert besetzt und zumeist stimmig kostümiert. Selbst Edgar Reitz' *Heimat* von 1984 und Fassbinders *Die Ehe* *der Maria Braun* von 1979 sind nicht ganz so weit weg davon, wie es der hochkulturelle Blick gern möchte.

Er hat nur wenige dieser Serien komplett gesehen und einige überhaupt nicht. Was für ihn den Unterschied bei der Bonn-Serie ausmacht (ebenfalls routiniert besetzt und stimmig kostümiert), ist die unmittelbare Reminiszenz sowohl an das Vertraute wie an das Unheimliche, das Verschwiegene seiner eigenen Kindheit. Das Geflüster und die für ihn lange nicht dechiffrierbaren Anspielungen auf Nachbarn, Kollegen des Vaters, Bauunternehmer, Autohändler und Großbauern. Das durchaus Bekannte, auch fürs Kind, und zugleich Fremde, das eben ist der Charakter des *Un*-heimlichen, gemäß der Erkenntnis von Freud, *dass dies Wort heimlich nicht eindeutig ist, sondern zwei Vorstellungskreisen zugehört, die, ohne gegensätzlich zu sein, einander doch recht fremd sind, dem des Vertrauten, Behaglichen und dem des Versteckten, Verborgengehaltenen.*[9] So war seine ganze Kindheit. So sind Kindheiten vielleicht immer, aber eine Kindheit im Jahre 1954 ist en détail und in der geschichtlichen Tönung freilich ganz anders als etwa eine Kindheit im Jahre 1980. Das Vertraute und das Versteckte: die Wälder rings um N., die vom Reichsarbeitsdienst 1934 umgestaltete Freilichtbühne (»Thingstätte«). Die *Armut* der gewöhnlichen Kriegsversehrten auf den Straßen und die *Nicht-Armut* seines kriegsversehrten Vaters, die die Antithese des bekann-

9 Sigmund Freud, Das Unheimliche, in: Freud Studienausgabe IV, Frankfurt/M. (Fischer) 1982.

ten Witzes darstellte: »Besser arm dran als Arm ab.« Dann die Fachwerkhäuser in der Altstadt von N., hinter deren Türen seinem Gefühl nach ganz andere Menschen lebten als die, die er kannte. Und die ovalen, undurchsichtigen Gucklöcher in den Türen mancher Nachbarhäuser, die entsetzliche Geheimnisse zu bergen schienen.

Neben dem Verdrucksten jener frühen Jahre erfolgte gleichzeitig die Einübung in die nachkriegskapitalistische Moderne. In der Bonn-Serie wird sie symbolisiert durch den Aufstieg des Rundfunk- und Fernsehgeschäfts von Hartmut Redlich (!), des Verlobten der weiblichen Hauptfigur Toni Müller, der vor allem gute Geschäfte machen und von der vergangenen wie der gegenwärtigen Politik nicht behelligt werden will (behelligen = jemanden belästigen, indem man ihn über etwas aufhellen [aufklären] möchte, was er aber gar nicht wissen will).

Aus seiner eigenen Familienfolklore in N. erinnert er sich an den Satz des Inhabers von *Radio Teichert*, den seine Mutter gern zitierte und besonders witzig fand: »Wollen Sie einen Philips oder wollen Sie gleich was Vernünftiges?« Philips kam aus Holland, Telefunken aus Deutschland. Ein anderer Aufsteigername im Ort hieß *Thimm Wellpappen*, 1949 gegründet in Herzberg am Harz, seit 1952 Hauptsitz in N. Dies war die Neue Zeit, während die alte eher durch den *Kolonialwarenhändler* Dieckmann repräsentiert wurde, an dessen Ladeneingang lebensgroß der Sarotti-Mohr stand, eine Figur, die er sehr mochte und gern mit nach Hause genommen hätte. Oder die Bäckerei Henze in einer Straße namens Schaupenstiel, die aus den Tiefen der Innenstadt hügelan und an der städtischen Brauerei vorbei zum Harztor führte, an dem die Wohnung seiner Eltern lag. Er hat erst Jahrzehnte später erfahren, wer in seiner Kindheitsstadt »damals« welche Rolle gespielt hat. Die entsprechende »Aufarbeitung« hatte allerdings nicht seine Elterngeneration geleistet, sondern ein amerikanischer Zeithistoriker, der wegen ihrer geografischen Lage und ihrer soziologischen Struktur die kleine Stadt N. als Gegenstand seiner Studie gewählt hatte.

Die Internationale Sie fand auch in seiner eigenen Generation nicht statt, die Aufarbeitung. Eine der hartnäckigsten Legenden über die Generation der »Achtundsechziger« (zu denen er sich je nach Gusto gerade noch dazurechnen kann oder eben auch nicht) ist diejenige, diese Generation sei gegen die Verbrechen ihrer Väter (und Mütter) und gegen das Schweigen darüber aufgestanden, und aus dieser Auseinandersetzung sei die Protestbewegung entstanden. Davon ist nichts wahr. Soweit die Verbrechen der Eltern nicht völlig in Vergessenheit gerieten, lag das an Angehörigen der Elterngeneration selbst, allen voran am hessischen Generalstaatsanwalt Fritz Bauer, nach dessen frühem Tod 1968 ganze Seilschaften vom Schlage

Eichmanns und seiner Kumpanen erleichtert aufgeatmet haben dürften.

Die 68er-Linke dagegen hat sich, unter dem breiten Banner des Internationalismus, von Anfang an vornehmlich auf den Revolutionstourismus spezialisiert, wobei einerseits Lateinamerika und andererseits Nordamerika/Vietnam bevorzugte Felder waren. (Die zeitgenössischen Phantasmen bezüglich Maos China oder Enver Hoxhas Albanien seien hier nur am Rande erwähnt.) Lateinamerika überzeugte – auch sinnlich – durch virile Heldenfiguren, die sich in Einzelfällen nach dem Erringen der Macht schnell zu mit allen Wassern gewaschenen Diktatoren entwickelten oder aber heldenhaft im bolivianischen Busch scheiterten. *Eine Zeitlang trugen Tausende auf dem Kopf seine kleine Mütze, / und Abertausende vor sich her von seinen Abbildungen / große Abbildungen, und riefen seinen Namen sehr laut aus.*[10] Clowneske, aber leider nicht harmlose Seitentriebe in Deutschland waren etwa Gruppen wie die kurzlebigen Tupamaros Westberlin unter Führung des glühenden oberfränkischen Antisemiten Dieter Kunzelmann, die vor allem durch den missglückten Anschlag auf das Jüdische Gemeindehaus in Westberlin bekannt wurden.

10 Hans Magnus Enzensberger, Mausoleum. 37 Balladen aus der Geschichte des Fortschritts, Frankfurt/M. (Suhrkamp) 1975.

Die vollkommen berechtigte internationale Solidarität mit Vietnam und gegen die amerikanischen Verbrechen dort nahm in der deutschen Variante geradezu die Form eines die eigene Herkunft entlastenden Geniestreichs an. Ein beliebter Slogan in den deutschen Demonstrationszügen jener Tage (und er gesteht, ihn selbst besinnungslos mitgebrüllt zu haben) lautete: *USA – SA – SS!* Auch wenn die Demonstranten mehrheitlich den Transfer nicht erkannt haben werden, den sie vollzogen, ist dessen Mechanismus doch so klar wie wirksam: nicht der Pappi war's (mochte er auch in der SA gewesen sein und sein Kollege in der Stadtverwaltung sogar in der SS), sondern der böse (Jude) Kissinger. Die Kriegsverbrechen der einen Seite wurden so durch die unbestreitbaren Kriegsverbrechen der anderen getilgt.

Bürgerschule 1 Die erste Volksschule (damals noch nicht Grundschule), in die er eingeschult wurde, Ostern 1954, trug den offiziellen Namen *Bürgerschule 1*. Bürgerschule: ein soziologischer Begriff, der die Klassentrennung spiegelte? Oder war der Staatsbürger gemeint? Heftiger Nachholbedarf in Sachen Demokratie? Hitler war ja erst neun Jahre tot.

Später erfährt er, dass der Begriff dem 19. Jahrhundert entstammt und eine städtische Schule bezeichnet, die ihre Schüler nicht auf das Abitur und die Universität vorbereitet, sondern auf Handwerk und Handel. Also auch ein Distinktionsmerkmal, aber ein langweiliges.

Dezember 1989 Er weiß nicht mehr, welche Nachricht ihn damals tiefer beeindruckt hat: die vom Sturz und der anschließenden Hinrichtung der Ceauşescus oder die vom Tod Samuel Becketts.

Unwetternovelle Am 29. Juni 2017, einem Donnerstag, checken seine Frau und er aus einem Hotel in der Berliner Chausseestraße aus, um sich auf den Weg zu guten Freunden in der Charlottenburger Friedbergstraße zu machen. Am Abend zuvor hat er eine Veranstaltung im nahen Brecht-Haus bestritten, und sie wollen nun noch ein oder zwei Tage bei dem befreundeten Paar verbringen, nicht zum ersten Mal. Als sie mit dem Auto das Parkhaus verlassen, fallen erste große Tropfen, deren Tempo und Dichte sich sehr schnell steigern, so dass der Scheibenwischer auf die höchste Stufe gestellt werden muss. Die Weiterfahrt gestaltet sich immer schwieriger, aber sie schaffen es immerhin, bis nach Charlottenburg durchzukommen und sogar einen Parkplatz auf der linken Straßenseite zu finden, mit Blick auf das Haus Nummer 26, das ihr Ziel ist, zwei Minuten Fußweg auf der anderen Straßenseite. Als sie die Autotüren öffnen, müssen sie feststellen, dass es nicht mehr möglich ist auszusteigen, ohne bis weit über die Fußknöchel im Wasser zu stehen. Sie schließen die Türen wieder und beobachten eine Frau, die sich durch die immer weiter anschwellenden Wassermassen bis zu ihrem Hauseingang durchkämpft. Sie besprechen die Lage. Dann ruft er in der Wohnung an, schildert die Situation und erklärt den gemeinsamen Entschluss, auf direktem Wege nach Hause zu fahren, so weh es ihnen tut. Sofortiges Verständnis und der dringende Rat, so schnell wie möglich die Hauptstadt zu verlassen. Das ist nicht einfach, Teile der A 10 stehen bereits unter Wasser und sind gesperrt, aber es gelingt schließlich, und es folgt die Fahrt auf der A 24 durch Teile Brandenburgs und Mecklenburgs, ohne dass die Himmelsfluten nachlassen. Die Sichtverhältnisse bleiben miserabel. Ein kurzer Aufenthalt auf der Raststätte Walsleben endet damit, dass sie reichlich durchnässt ins Auto zurückkommen. An der Landesgrenze zu Schleswig-Holstein, der ehemaligen Grenzübergangsstelle (GÜSt) Zarrentin, hört der Regen abrupt auf.

Dies ist eine wahre Geschichte. *Weh dem, der Symbole sieht!* (Samuel Beckett, Addenda zu *Watt*)

Fetisch Der blaue Baumwollschal, den er sich 1984 in Köln auf der Ehrenstraße gekauft hat, ist das einzige Kleidungsstück, das er noch aus dem letzten Jahrhundert besitzt. Das Etikett trägt die Inschrift *Culture Clash InMind.* Die Modefirma InMind.nl gibt es offenbar noch heute, das Geschäft auf der Ehrenstraße, das viele Artikel dieser Firma führte und den Namen Depeche (ohne französische Akzente) trug, ist schon lange verschwunden. Nach der RAL-Farbskala wäre der Schal etwa als *Krähenschwarzblau* oder *Kraftblau* einzuordnen. Er ist glattgestrickt und prunkt in keiner Weise, weder durch außergewöhnliche Länge noch Breite noch durch Raffinesse des Musters. Ein Tuch, das man sich locker umschlingt (nicht bindet), das ist alles.

Jedoch unersetzlich. Er hat es mehrere Male hängen oder liegen gelassen, bei Freunden oder in einem Lokal, und am nächsten Morgen einen Schock bekommen. Zum Glück konnte er bisher immer *gerettet* werden: der Schal und damit er selbst. Er weiß, dass ein großes Unglück seinen Anfang nehmen wird, wenn dieser Schal verloren geht.

Dieser Fetisch erinnert ihn zuweilen an: Robert Bressons Film *Das Geld*, das Licht an bestimmten Herbstnachmittagen der Achtzigerjahre in der Kölner City und an Sade Adus *Smooth Operator*, ein Lied, das sich damals aus geöffneten Café- und Kneipentüren manchmal wie ein weiches Tuch über die ganze Stadt legte.

Voodoo Hitchcocks Film *Rebecca* kann er nicht ertragen. Das liegt an Mrs. Danvers (Judith Anderson), die versucht, Joan Fontaine in den Tod zu treiben. Es liegt an ihrem Vogelblick, vor allem aber an ihrem Dutt. Er hat seit seiner Kindheit einen Horror vor Frauen mit Dutt und die gewiss nicht korrekte Erinnerung, er sei in diesen Kinderjahren von solchen umzingelt gewesen. Einen ebensolchen Schrecken jagen ihm ovale gläserne Gucklöcher in Türen (durchsichtig/undurchsichtig) und ovale Spiegel ein, im Verbund mit Frauen mit Dutt. Mrs. Danvers, die ihn aus einem ovalen Guckloch anstarrt: das wäre der größtmögliche Schrecken.

Was hinter dieser rätselhaften Verbindung steht, die Auflösung dieses Voodoozaubers also, würde vermutlich vieles – alles! – erklären. Darum ist er nicht sonderlich daran interessiert.

Diese furchtbaren Bärte! Schreibt Eva Demski in ihrem schönen anarchistischen Album, und er stimmt sofort in den Ruf ein. *Sie haben so etwas Gleichmacherisches, Bakunin sieht aus wie Marx, wie Landauer, wie Kropotkin und noch Dutzende andere, immer diese haarigen Masken …*[11] Heute kommen die Bärte der Mullahs, Ayatollahs, Dschihad-Kämpfer und Fußballvereine kaufenden Scheichs dazu. In der antiautoritären Bewegung dienten Bärte als Zeichen revolutionärer Erfahrung und Führungsqualität, als sei etwa Che Guevara mitsamt seiner Gefolgschaft nicht sehenden Auges ins Verderben gelaufen.

Er hat Bärte von früh an abgelehnt, weil sie das Merkmal der unerwünschten Väter waren (sein Vater trug keinen Bart), der Stellvertreter Gottes. Musste Darwin aus-

11 Eva Demski, Mein anarchistisches Album, Berlin (Insel) 2022.

sehen, als wolle er seine evolutionären Vorgänger repräsentieren? Muss Freud aussehen wie Jahwe? Lenin wie Lenin? Slavoj Žižek desgleichen? Musste Lars Gustafsson persönlich sich mit einem Bart in jenen kleinen Gnom verwandeln, den er in *Herr Gustafsson persönlich* so hinreißend geschildert hat? Konnte Marcel Proust nicht der schöne samthäutige Junge seiner Kinder- und Jugendjahre bleiben, der auf Mamas Gutenachtkuss wartet?

Seine Idiosynkrasie entstammt keinem Mangel, sein eigener Bartwuchs ist kräftig, und er muss sich täglich rasieren, gründlich und selbstverständlich nass. (Sich mit einem handlichen Rasenmäher durchs Gesicht zu fahren, ist pure Barbarei.) Aber er würde Behaarung in seinem Gesicht, ja selbst die kleinsten Stoppeln niemals zulassen. Unrasiert hat er schlechte Laune, und die Unrasiertheit anderer macht ihm schlechte Laune.

Dankbares Gedenken an HME, der, seiner Kenntnis nach, nie einen Bart trug.

Später fällt ihm auf, dass andererseits die Faschisten gern das nackte, rosige Fleisch zeigen. Babyfaces, von Mussolini bis Putin.

Ein Gedicht

ein slawe, der gen westen strebt,
und gern in beneluchsien lebt,
wo ihm noch im rückblick schaudert,
während er mit freunden plaudert.

Schrecken der Geselligkeit Er beginnt schnell zu fremdeln, wenn mehr als höchstens vier (besser drei) Personen zusammen sind und Kommunikation betreiben: Essenseinladungen, Vernissagen, gemeinsame Runden nach Veranstaltungen, Eröffnungen von was auch immer, Jubiläumsfeiern, Geburtstage, kurz, alles was unter die Rubrik Geselligkeit fällt. Nicht aus Misanthropie, die ihm fremd ist, denn er glaubt, dass die Mehrzahl der Menschen ganz in Ordnung und sogar lieb ist. Die Leute, wie er sie gern nennt.

Die Geselligkeit entfaltet ihre Schrecken für ihn in dem mit zunehmender Zeit wachsenden Gefühl, dümmer zu werden als zu ihrem Beginn und nichts Intelligentes mehr sagen zu können. Für die anderen Teilnehmer dieser Geselligkeit – glaubt er – ist das nicht schlimm, weil für die Kommunikation die Übereinkunft gilt, dass es um die Rede selbst geht, nicht um das Was – außer bei Habermas. Das hindert ihn beim Fortschreiten des Abends (der Abend = Zeit der Geselligkeit), entweder überhaupt etwas zu sagen, und er würde am liebsten in der Manier der Cheshire-Katze verschwinden. Oder aber, er »reißt sich zusammen« und nimmt an der Konversation lebhaft teil, wobei er sich besonders um *esprit* bemüht. Diese Anstrengung führt dann regelmäßig zur totalen Erschöpfung, wenn die Geselligkeit vorüber ist. Dagegen kann er ohne Weiteres mit Lust über Stunden ein Gespräch zu zweit oder dritt führen.

Ist das soziophob? Er würde das bestreiten, denn er fühlt sich auf den Rängen im Fußballstadion ebenso wie im Dunkel des Kinos sehr wohl.

Lebensmöblierung Er hat nie das Wohnen dazu benutzt, um sich auszudrücken, sich darzustellen. Er könnte ebenso dauerhaft in einem Sanatorium oder in einem Hotel wohnen, also in einigermaßen *unpersönlichen* Räumen. Beide Orte würden das Verhältnis zu den Mitbewohnern auf angenehme Art regeln, ein Zusammenwohnen, das es erlaubt, miteinander umzugehen und sich nach den jeweiligen Bedürfnissen zurückzuziehen. Idiorrhythmie hat Roland Barthes das im Anschluss an Jacques Lacarrière in seiner ersten Vorlesung am Collège de France genannt und als sein Phantasma bezeichnet. Die Vorlesung trug den Titel *Wie zusammen leben?* und fand von Januar bis Mai 1977 statt, jeweils mittwochs. *Weder zu zweit noch zu vielen (kollektiv). Etwas wie eine auf geregelte Weise unterbrochene Einsamkeit: die Paradoxie, der Widerspruch, die Aporie einer Vergemeinschaftung der Distanzen, ein utopischer Sozialismus der Distanz.*[12] Im Sanatorium ist die Unterbrechung der Einsamkeit durch Essens- und Ruhezeiten geregelt; im Hotel liegt die Verantwortung dafür etwas mehr beim Dauergast, weil es ihm freigestellt ist, sein Zimmer, seine Suite (die weder im Hamburger *Atlantic* noch im *Montreux Palace* situiert sein

12 Roland Barthes, Wie zusammen leben? Frankfurt/M. (Suhrkamp) 2007, edition suhrkamp 2402.

muss) zu verlassen, wann es ihm beliebt. Aber er wird nach Maßgabe seiner Bedürfnisse den Kontakt zu den wechselnden Gästen und zum lange Zeit gleichbleibenden Personal schon suchen.

Dreifach markiert Im Rahmen der identitätspolitischen Diskurse ist er gleich dreifach negativ markiert: durch die Hautfarbe (weiß), das Alter (alt) und das Geschlecht (männlich). Kein Entrinnen, nirgends. Das ist nicht schlimm, und er kann sich leicht damit abfinden.

Wunsch, Franzose zu werden Wenn er doch Franzose wäre, gleich bereit, auf jede Äußerung mit dem passenden Aperçu zu antworten, treffgenau, aber um Himmels willen nicht brillant; geschmackssicher, aber nicht glänzend, die lange Geschichte des Landes im Rücken, die die Farbe alter Gesteinsarten und die Form der Kathedralen von Chartres, Reims, Amiens oder Paris trägt. Dazu die Alltagsrituale, die Kette der Selbstverständlichkeiten, das mickrige *petit déjeuner* mit einem Croissant, Butter und Marmelade etwa und abends die Schlange vor den Bäckereien, um *la baguette, la tradition, la ficelle, le pain paysan* oder welche Brotsorte auch immer möglichst ofenwarm für den Abend nach Hause zu holen (wie er es selbst in seinem Pariser Jahr oft genug erlebt hat, immer mit dem bedauernden Gefühl, *nicht dazuzugehören*, sogar wenn er selbst in der Schlange stand, allein schon wegen seines rudimentären und miserablen Französisch). Der Pastis an einem Sommerabend um sieben Uhr vor einem Café in Arles ebenso wie in Cherbourg, *eine bestimmte Art zu leben und zu sterben,* wie es Fernand Braudel in seiner liebenden Trilogie *L'identité de la France*[13] genannt hat. Das blödsinnige und selbstverständliche Gefühl der *Grande Nation* von Dunkerque bis St. Jean de Luz, aller Realitätsprüfung und allen Banlieue-Unruhen zum Trotz.

Stattdessen im eigenen Land die vielfache Teilung, die Spaltung, die Zerrissenheit, das Zerfleddern, der Flickenteppich, der Zwist, die Konfrontation, die Usurpation, die Anmaßung, der Selbsthass, der Größenwahn, das Einheitsdiktat, das fortgesetzte Misslingen seit Jahrhunderten, das ihm ebenso erhalten bleiben möge auf Lebenszeit wie der Wunsch, Franzose zu werden.

Die Welt von gestern Einer der Gründe, warum es ihm leichtfällt, von der gegenwärtigen Welt Abstand zu nehmen und sich nicht mit Dingen zu belasten, von denen er zu wenig versteht und die er vielleicht auch nicht mehr verstehen will, ist die Tatsache, dass die Welt von gestern schneller zu verschwinden scheint als er selbst. Diese Diskrepanz führt naturgemäß zu Ängsten und Orientierungsschwierigkeiten, weil ihm sein »natürliches« Habitat verloren geht oder bereits verlo-

13 Fernand Braudel, Frankreich, 3 Bde., Stuttgart (Klett-Cotta) 2009.

ren gegangen ist. Also versucht er, das so lange wie möglich zu verhindern.

Aufgewachsen ist er in den stabilen Verhältnissen des Kalten Krieges. Selbst seine jugendlichen Sympathien für den Sozialismus haben ihn zu keiner Zeit an der Überzeugung zweifeln lassen, dass er in Westeuropa in der besten aller möglichen Welten lebe. Er hatte nie Sympathie für den so genannten realen Sozialismus, schon gar nicht während der Zeit seines Studiums im eingemauerten Westberlin, das zu verlassen oder zu erreichen durch ein völlig fremdes und in keiner Weise attraktives Land führte, wo bei den Zugfahrten irgendwann die Volkspolizei *bidde mal de Reisedokumende* verlangte und der Transit mit dem Auto über monotone Betonplatten führte, die regelmäßig ein schlagendes Geräusch erzeugten, Plattenbau horizontal. Er wäre auch nie auf den Gedanken gekommen, in ein anderes Land des Ostblocks zu fahren, das vielleicht etwas weniger provinziell und verdruckst war als die DDR, nach Ungarn etwa oder nach Prag, eine Stadt, um die sich damals einige Legenden rankten, bis die Bruderstaaten am 21. August 1968 kurzen Prozess machten. Stattdessen ist seine erste große Reise als Vierzehnjähriger mit einem zwei Jahre älteren Freund nach Amsterdam, Rotterdam, Antwerpen, Gent, Brüssel bis in den Norden Frankreichs und zurück (auf Fahrrädern!) bis heute für ihn der Beginn seiner leuchtenden Ankunft in der wirklichen Welt geblieben. Die zeichnete sich überraschenderweise vor allem durch ihre Farben aus, die ihm zeigten, dass er selbst aus einem grauen Land kam.

Auch »kulturell«, also als Leser, Kinogänger, Musikhörer galten seine Sympathien dem *Westen*, was immer das genau heißen mochte. Er war fünfzehn und sechzehn zu Zeiten von *Beatlemania* und *Nouvelle Vague* und kaum älter, als er der *Pop Art* und Andy Warhols *fifteen minutes of fame for everyone* begegnete.

Das alles ist die Welt von gestern. Selbst jetzt in Zeiten des Krieges ist nicht mehr klar definiert, was *der Westen* eigentlich ist. Bis zum Ende des Kalten Krieges war er die USA plus Westeuropa plus Japan (und vielleicht Südkorea). Danach kamen – vielleicht – die Länder des ehemaligen Ostblocks hinzu, unter Führung der einzigen verbliebenen Weltmacht, der Vereinigten Staaten. *Alles gut*, hätte man im heutigen Jargon dazu sagen können. Gar nichts gut, weil die Verhältnisse sich schnell änderten und der naive Westler zum ersten Mal den Blick auf den pazifischen Raum und den so genannten Nahen Osten richten musste, weil die einzige verbliebene Weltmacht dies nicht mehr ist und es keine Garantie dafür gibt, dass die Vereinigten Staaten nach den nächsten nordamerikanischen Wahlen noch zum *Westen* gehören werden. Die Welt, in der er sich zurechtgefunden hat, ist so multipolar geworden, dass er, obwohl nach wie vor ein gründlicher Zeitungsleser, den Überblick längst verloren hat. Sicher ist nur so viel, dass das alte Europa nie mehr die Rolle spielen wird, die es seit Beginn der Neuzeit und noch bis in die Jahrzehnte nach dem Zweiten Weltkrieg gespielt hat. Schon heute, so hat er gerade in einem Nachrichtenmagazin gelesen, beträgt der EU-Anteil an der Weltwirtschaftsleistung nur noch 15% gegenüber 18% der »blockfreien« Staaten (im Augenblick sind das jene, die in der UNO weder für noch gegen Putin gestimmt haben). Zugleich zieht es auch in manchen Ländern des Westens (oder was vom Westen übrigblieb) per Stimmabgabe bei Wahlen eine wachsende Zahl von Menschen vor, sich unter den vermeintlichen Schutz autoritärer Herrschaft zu begeben.

Er weiß nicht, ob er das alles bedauern oder sich entlastet fühlen soll, weil er nun die Zeit hat und sich gerechtfertigt fühlt, sich ohne Scham noch einmal der Welt von gestern zuzuwenden, all dem, was längst untergegangen ist, wie die Nouvelle Vague, der literarische Kanon, das so genannte absurde Theater, Mary Quant und der Minirock, Françoise Hardy und der Fransenpony, Monica Vitti & Anna Karina und die Schönheit, die Haute Cuisine und die Beatlemania. Wobei tröstlicherweise die Urheber der letzteren, die Beatles selbst nämlich, mit ihrer Musik überlebt haben.

Das ist der Zeitstempel, den er gut sichtbar auf der Stirn trägt. Er wird immer ein Mensch des zwanzigsten Jahrhunderts bleiben und kann sehr wohl neben dem neuen Jahrhundert daherleben, dessen Zeuge er ist. Ein Zustand entspannter Unaufmerksamkeit, der ab und zu Kleinode zu Tage fördert.

Lesezeichen Fast immer liest er mit Bleistift, aber nicht wie ein Schüler oder Student, und es geht ihm auch nicht darum, durch diese Technik dem Text Kontur zu verleihen und ihn »zu verstehen«. Er hinterlässt Spuren im Text, Gravuren, und wenn er das Buch zwei oder fünf Jahre später wieder in die Hand nimmt oder gar erneut liest, interessieren ihn diese Spuren, da sie ihm etwas über sich selbst vor zwei oder fünf Jahren (manchmal vor zwei oder fünf Jahrzehnten) aussagen: Lesezeichen eines früheren Lebens.

Mehrfach ist er im Laufe der Jahre morgens auf einem Bleistift liegend erwacht, auf dem er die ganze oder halbe Nacht geschlafen haben mochte, ohne darunter zu leiden. Nicht die Prinzessin auf der Erbse, sondern der König auf seinem Zepter.

Literaturkritik Dass er das macht wie kein zweiter. Dass diese hundertfünfzig Seiten in der deutschsprachigen Gegenwartsliteratur ihresgleichen suchen. Dass diese hundertfünfzig Seiten in der deutschsprachigen Gegenwartsliteratur nicht ihresgleichen haben. Dass dieses Buch nicht hält, was das starke Debüt der Autorin versprochen hat. Dass ihre lyrische Stimme unverkennbar ist. Dass er in seinem neuen Roman nicht

mehr seinen Ton findet. Dass hier Benns Diktum gilt, das Gegenteil von gut sei gut gemeint. Dass sie sich mit diesem einen Buch in die Weltliteratur eingeschrieben hat. Dass man dies als eine Schlüsselstelle dieser siebenhundert Seiten lesen muss/darf/sollte. Dass die Konstruktion dieser Dystopie zu hölzern daherkommt. Dass es sich nicht um Autofiktion handelt, auch wenn es auf den ersten Blick so scheinen mag, sondern um einen Roman. Dass es sich liest, als sei Thomas Bernhard (Virginia Woolf, Julien Green, Hermann Bang et cetera pp.) durch den amerikanischen Mittelwesten gereist und berichte darüber für ein österreichisches, britisches, französisches, dänisches et cetera pp. Blatt. Dass es sich keineswegs um einen Roman handelt, auch wenn es auf den ersten Blick so scheinen mag, sondern um Autofiktion. Dass diese Autorin völlig zu Unrecht vergessen ist. Dass dieser Autor völlig zu Recht vergessen ist und kein noch so schönes Nachwort seine Bücher wieder lebendig machen kann. Dass es sich nicht lohnt, auch nur eine einzige Zeile dieses Buches zu lesen. Dass man einfach anfangen soll zu lesen und bis zum Schluss nicht mehr aufhören kann. Dass es unzweifelhaft ein großes Lesevergnügen ist. Dass es vom ersten bis zum letzten Satz eine Qual ist.
Das alles – *und noch viel mehr*[14] – ist gewisslich wahr. Und auch schon oft geschrieben und gesagt worden. *Nur noch nicht von allen.*[15]

14 Würde Rio Reiser singen.
15 Würde Karl Valentin sagen.

Lesefehler *Rechtschreibung 2000. Die aktuelle Reform. 2., alkoholisierte und erweiterte Ausgabe.*

King Kong und das alte Westberlin (korrekt: *King Kong und der alte weiße Mann*, Theaterplakat, Oldenburg).

1905 ist er kurzatmig als Präsident der Geographischen Gesellschaft … (korrekt: *1905 amtet er kurzzeitig als Präsident der Geographischen Gesellschaft*, in: Reto Sorg, Jeannine Wintzer (Hg): Hermann Walser, Geograf, Jahresgabe der Robert-Walser-Gesellschaft, Bern 2022).

Dann sieht er sich anderweit: er gibt sich durchaus eifrig: Truppenübungsplatz, mehrere Herren stehen dort nach Tisch … (korrekt: … *durchaus eifrig: Treppenabsatz, mehrere Herren stehen dort nach Tisch …* In: Gottfried Benn, Roman des Phänotyp).

In den noch im Umbau begriffenen Archivräumen stehen bereits die angelieferten Aktivisten. (korrekt: *die angelieferten Archivkisten.* FAZ, 13.06.2023)

Ein Projekt rettet Eiskreme für die Forschung der Zukunft. (korrekt: *Ein Projekt rettet Eiskerne für die Forschung der Zukunft.* FAZ, 13.06.2023)

Durch die abendliche Stille streben die Reisenden ihrem Schafott zu. (korrekt: … *streben die Reisenden ihrem Schlafort zu.* In: Patricia Görg, Der Sturz aus dem Schneckenhaus. Bilder und Rätsel, München 2023)

Während mein Vater überlegte, ob er noch schnell den Rest des Kapitals zu Ende übersetzen sollte ... (korrekt: *ob er noch schnell den Rest des Kapitels zu Ende übersetzen sollte.* In: Maxim Biller, Sechs Koffer).

Übersetzungsfehler Der erste Blick aus dem Fenster am Morgen, und er registriert: *Raiffeisen.* Dann stutzt er und korrigiert: *Raureif.*

Erste Sätze, letzte Sätze Seiner Erfahrung nach wird die Bedeutung erster Sätze stark überschätzt. Zwar gibt es solche, die in der Lage sind, den Leser sofort in ein Buch hineinzuziehen, neben dem sakrosankten *Lange Zeit bin ich früh schlafen gegangen* etwa: *Weil seine Lage unabänderlich war, musste Abschaffel arbeiten*[16] und *An einem Novemberabend, kurz nach dem Tod meiner Mutter, ordnete ich Photos*[17] (der allerdings »nur« der erste Satz eines Zweiten Teils ist). Ein »durchschnittlicher« oder gar »schwacher« erster Satz aber (man könnte sich eine Skala von 1 bis 10 denken) wird zunächst niemanden von der Lektüre abhalten. Wer das glaubte, unterschätzte die Leserin und den Leser, ein Fehler übrigens, der dem Betriebssystem Literatur inhärent ist.

16 Wilhelm Genazino, Abschaffel, Reinbek b. Hamburg (Rowohlt) 1977, das neue buch 85.

17 Roland Barthes, Die helle Kammer. Bemerkungen zur Photographie, Frankfurt/M. (Suhrkamp) 1985.

Schwieriger ist es, nicht zu pompös aufzuhören. Mit »pompös« meint er: sinnstiftend, abrundend, bedeutungsschwer, belehrend. Flaubert bekommt das bei *Madame Bovary* gut hin, indem er sich einer Nebenfigur widmet, die jedoch zugleich der Gewinner der gesellschaftlichen Entwicklung ist, dem Apotheker Homais: *Il vient de recevoir la croix d'honneur. – Kürzlich hat er das Kreuz der Ehrenlegion erhalten.* Das ist kein heftiger Schlussakkord, sondern ein eher zarter letzter Anschlag, der dennoch nachklingt. Im deutschen Pendant, *Effi Briest*, gelingt dieser nicht mehr, auch wenn Fontane das angestrebt haben mag. Sein Hang zu Sentenzen, dem viele seiner Figuren verfallen sind, bricht sich Bahn: *Ach, Luise, lass … das ist ein* zu *weites Feld.* Das signalisiert: hier ist der Roman zu Ende, dies ist die Zusammenfassung, alles ist rund, das Buch ist geschlossen. Das funktioniert jedoch nur bei sehr kleinen, kompakten Gebilden. Vorbildlich dieses konzentrierte Prosastück, dieser Kurzroman, der aus einem ersten und einem letzten Satz besteht: *Eine Reitlehrerin heiratete einmal einen Bühnenbildner. Mehr ist dazu eigentlich nicht zu sagen.*[18]

Lebenssatz Es wird in den frühen siebziger Jahren gewesen sein, als ihm der schönste Satz seines Lebens begegnete. Schlank, elegant, nicht auftrumpfend und vollkommen. Friedvoll außerdem. Er hat ihn in der *filmkri-*

18 Helmut Heißenbüttel: Eichendorffs Untergang und andere Märchen, Stuttgart (Klett-Cotta) 1978.

tik gelesen, die damals die avancierteste deutsche Filmzeitschrift überhaupt war, so etwas wie die *Cahiers du Cinéma* für Deutschland (West). Es könnte sein, dass er ihn im Café Bleibtreu in Westberlin gelesen hat, das damals sehr neu war und heute noch existiert: Charlottenburger Beharrungsvermögen. Der Satz – in welchem Kontext, welchem Essay er auftauchte (die *filmkritik* brachte viel mehr als Filmkritiken), weiß er nicht mehr, er meint aber, dass es ein erster Satz war – der Satz also hieß: *In Basel gingen wir einer sauberen Arbeit in geschlossenen Räumen nach.* Einen schöneren hat er nie mehr gefunden, er will es auch nicht. Und die größte Angst ist die, herauszufinden, warum ihn dieser Satz bis heute so verzaubert: was er über ihn selbst aussagen könnte, was er »bedeuten« könnte. Wunschbiografie? Geborgenheit? Uterus? Thanatos? Halte dich fern, Analyse!

Spuksatz Während er zuweilen voller Liebe seinen Lebenssatz wiederholt, dessen Urheber er bisher trotz Recherchen nicht ausmachen kann, spukt seit einigen Jahren ein anderer Satz, eine Selbstbeschreibung, in seinem Kopf herum, die ihn zuweilen an seinem Verstand zweifeln lässt. Der Satz behauptet, er sei *der mittlere Kolkrabe des Seyns,* tatsächlich mit dem raunenden Heideggerschen Ypsilon im Sein. Er weiß partout nicht, was das bedeuten soll, mag sich auch nicht damit beschäftigen, wird ihn aber nicht mehr los. Wann er das erste Mal in seinem Kopf aufgetaucht ist, weiß er nicht mehr, es ist aber bestimmt schon länger als fünf Jahre her.

Noch ein Gedicht in dunkler stunde,
bei später runde,
allein mit dem hunde.

denn er weiß nicht ums verrecken,
wo seine dreizehn katzen stecken.

Was macht die Bewegung? So las man es lange Zeit am Wochenende in der *taz,* wenn es darum ging, Termine für Veranstaltungen, Demonstrationen, Symposien etc. irgendwo *draußen im Lande*[19] bekanntzugeben. Unter den nicht näher bestimmten Begriff der *Bewegung* fiel dabei alles, was irgendwie links-ökologisch-alternativ firmierte, also das, was die Rechte, und nicht nur die äußerste Rechte, als »linksgrün versifft« bezeichnen würde. Er hat bei dieser Frage immer leicht gestutzt und sich daran erinnert, dass die erste große Bewegung des letzten Jahrhunderts, die sich auch als solche verstand, die faschistische war, gefolgt dann von der nationalsozialistischen in Deutschland. Wie die meisten Bewegungen, die sich auch selbst so verstehen, war die faschistische Bewegung in Italien eindeutig eine Jugendbewegung. Das berühmte Lied *Giovinezza,* musikalisch allemal mitreißender als die Internationale, war nicht nur die Hymne der faschistischen Bewegung, sondern später auch des Regimes und wurde bei offiziellen Anlässen immer gleich nach der Nationalhym-

19 Die Menschen draußen im Lande waren das paternalistische Liebesobjekt von Helmut Kohl.

ne gesungen. Auch die Nazis setzten natürlich auf die Jugend, und die erste deutsche Studentenbewegung des 20. Jahrhunderts war nationalsozialistisch, wozu es nicht erst der Heideggerschen Rektoratsrede in Freiburg bedurfte. Das hat dazu geführt, dass der Historiker Götz Aly die so genannte antiautoritäre Bewegung, per definitionem eine Jugendbewegung – von deren Erben die Rede war, wenn die *taz* fragte, was die Bewegung macht – mit der nationalsozialistischen Studentenbewegung nicht nur verglich, sondern in ihren Aktionsformen auch gleichsetzte.

Er selbst hat im Jahr 2008, als Götz Aly diese Gleichsetzung formulierte – in einem Buch mit dem Titel *Unser Kampf*, denn Götz Aly war früher selbst einer der aggressivsten Akteure der antiautoritären Bewegung[20] –, sich dagegen gesträubt, sich gleichsam geschüttelt wie ein nasser junger Hund, hat zugleich aber ein tiefer sitzendes Gefühl nicht loswerden können, dass an dieser Überspitzung ein Quäntchen Wahrheit sein könnte. Nachdem er viel später das Buch gelesen und dieses ihn in eine vorübergehende mittelschwere Depression versetzt hat, würde er sogar von einem größeren Quantum sprechen.

Nämlich dies: alle *Bewegungen*, die diesen Namen verdienen, sind offensiv und in ihren Aktionsformen auch aggressiv. Provokation liegt in der Natur aller Bewe-

20 Die schärfsten Kritiker der Elche / waren früher selber welche. F. W. Bernstein.

gungen, anders wären sie keine. Die Provokation hat die Tendenz, sich zu steigern. Aly beschreibt in seinem Buch auch die als Befreiung empfundene Gewaltgeilheit, die sich zum Beispiel in der Schlacht am Tegeler Weg äußerte und die ganz offenkundig auch manche Tagebuchaufzeichnungen Rudi Dutschkes kennzeichnen. Auch in Teilen heutiger Bewegungen, am berüchtigsten natürlich bei den Autonomen, setzt sich das fort.

In Alys Namensregister fehlt als Gegenbeispiel allerdings der Name Hans-Jürgen Krahl, der bei Adornos Beisetzung dafür sorgte, dass es seitens der *Bewegung*, deren klügster Kopf er unbestreitbar war, keinerlei provokante Aktionen gab, sondern der verehrte Professor in aller Würde zu Grabe getragen werden konnte. Spätestens hier hatten Krahl & Freunde alles Pubertäre abgestreift. Leider kam Adornos Lieblingsstudent ein halbes Jahr später auf winterlicher Autobahn selbst ums Leben.

In der *Bewegung* geht der Einzelne auf angenehme, weil ihn entlastende Art unter, er gibt etwas oder auch alles von seiner eigenen Souveränität ab und überlässt sich dem Gemeinschaftsrausch. In solchen Augenblicken sind die *Grenzen der Gemeinschaft* aufgehoben. Er selbst kann froh sein, dass es im Winter 1970/71 noch keine Handys und damit auch keine handlichen Videokameras gab; man könnte ihn irgendwo im Netz vielleicht noch heute wie einen Derwisch auf dem Kurfürstendamm in einer Demonstrationsreihe ganz außen tanzen sehen. Es ging um die Todesurteile gegen ETA-Mitglieder im so genannten Burgos-Prozess, denen man – ohne Beweise – die Ermordung eines spanischen Geheimdienstchefs zur Last legte. Es ging also um eine gute Sache, den Protest gegen einen Schauprozess (der sich als der Anfang vom Ende des Franco-Regimes erweisen sollte). Es ging meistens um eine gute Sache, immer aber um den gesteigerten Selbstgenuss in der Gemeinschaft, den bei Demos auf dem Ku'damm schon allein die sichtbare Einschüchterung der Passanten auf dem Trottoir vermittelte, damals mehrheitlich Menschen im Rentenalter.

Es geht auch heute natürlich um eine gute Sache. Es geht oft um eine gute Sache, gnadenlos bis zur letzten Generation. Das zu wissen, steigert den Selbstgenuss und die Wärme der Gemeinschaft enorm. Voraussetzung ist es allerdings nicht, denn ausschlaggebend ist das Moment der Zugehörigkeit und der Unterwerfung. Das wusste schon Heinrich Manns *Untertan* Diederich Heßling, egal, ob er diese Wärme der Gemeinschaft aus der Burschenschaft, der Armee, der Kaiserverehrung oder dem Einstimmen in den Chor der Antisemiten bezog.

Er selbst würde sich heute in keiner Bewegung mehr sehen können, auch wenn er weiß, dass es unbefriedigend ist, »ganz einfach nur ein Individuum« zu sein.[21]

21 »Das ist ein Bursche ohne kollektive Bedeutung, das ist ganz einfach nur ein Individuum.« Louis-Ferdinand Céline, zitiert nach Jean-Paul Sartre, Der Ekel, Reinbek (Rowohlt) 1982.

Allerhöchstens könnte er dem heutigen Derwisch, der am Rande einer Demonstration tanzt, aufmunternd zunicken und das Victory-Zeichen machen, um anschließend im nächsten Café zu verschwinden.

Wenn er also ein Einzelner ist, einfach nur ein Individuum, was ist er dann? Ein Libertärer? Unter diesen schwammigen Begriff fällt alles Beliebige, vom extremen Wirtschaftsliberalismus bis zum Anarchismus. Gar ein Scheißliberaler, wie es im 68er-Jargon hieß? Vielleicht wäre ihm diese Beschimpfung heute sogar lieb. Versteht sich, dass er dennoch nie die FDP mit ihrem nachgerade sozialistischen Leistungsethos wählen könnte.

Vive la différence! Ihn irritiert, dass seit einigen Jahren zunehmend von der *Spaltung der Gesellschaft* gesprochen wird, weil er gelernt hat, dass eine Gesellschaft per definitionem gespalten ist, insofern sie in bestimmte Fraktionen (wahlweise: Klassen, Schichten, Interessengruppen u. v. m.) zerfällt. Andernfalls wäre alle Soziologie überflüssig. Er weiß natürlich, dass es sich um einen Kategorienfehler handelt, zumindest um eine Begriffsverwirrung, die auf die Verwechslung von Gesellschaft und Gemeinschaft zurückzuführen ist. Man muss die Unterscheidung zwischen beiden nicht auf die exakt gleiche Weise treffen wie respektive die Soziologen Ferdinand Tönnies und Helmuth Plessner, und man darf durchaus zugestehen, dass zwischen

Gemeinschaft und Gesellschaft Wechselwirkungen bestehen und sie nicht scharf gegeneinander abzugrenzende Antipoden sind. Es bleibt aber ein signifikanter Unterschied zwischen beiden bestehen. Der Ruf *Wir sind* ein *Volk!* ist keine Aussage über eine Gesellschaft; die These *Wir leben in einer spätkapitalistischen / digitalen / multikulturellen / autoritären* usw. *Gesellschaft* (Zutreffendes bitte ankreuzen, Mehrfachankreuzungen möglich) dagegen schon. Das *eine* Volk kann sich – wie 1989 auch geschehen – nur auf gemeinsame Abstammung und gemeinsames Territorium berufen, auf Blut und Boden also: diese stiften die Einheit. Jenseits davon verwandelt sich das Volk glücklicherweise in die Bevölkerung und verlässt die Volksgemeinschaft. Andere Gemeinschaften werden durch Religionen gestiftet und zielen auf theologische Einheit. Wo diese erodiert, führt das zu den zahlreichen Schismen, die wir aus der Kirchengeschichte kennen. Wieder andere Gemeinschaften werden durch Ideologien begründet, die von vornherein *spalterischen Tendenzen* unterliegen, da es von Beginn an um die richtige Auslegung der reinen Lehre und um die korrekte Linie geht.

Alle diese Gemeinschaften sind exklusiv, indem sie definieren, wer zu ihnen gehört und wer nicht, und sie sind jederzeit auf der Suche nach dem Feind in den eigenen Reihen, dem Abweichler und dem Spalter. Das verbindet die Inquisition mit den Mullahs, das Politbüro mit den Identitären – und auch mit den Identitätspolitikern heutiger Provenienz. Das Exklusive der

Gemeinschaft wird schließlich nicht weniger streng, wenn sie sich *community* nennt. Im Gegenteil, manche *communities* sind so identitär, dass jede Sympathiebezeugung von außen gleich als *kulturelle Aneigung* gebrandmarkt wird.

Eine Gesellschaft ist per definitionem zunächst einmal keine Einheit, sondern eine in sich sehr komplizierte Struktur, in der statt der Einheit die Differenz die ausschlaggebende Rolle spielt. Sie ist ebenso per definitionem zunächst nicht exklusiv, auch wenn sie das unter Umständen (die zumeist solche der Erstarrung sind) werden kann. Egal nun, ob man die Gesellschaft als die Gesamtheit der Verhältnisse zwischen Menschen in einem bestimmten Entwicklungsstand der Ökonomie sieht wie Marx, systemtheoretisch als umfassendstes System überhaupt wie Luhmann, als eine soziale Praxis, deren Regeln die Akteure großenteils unbewusst befolgen wie nach Bourdieu, oder welche soziologischen Ansätze auch immer es gab und gibt (die Soziologen sind da sehr erfindungsreich, bis hin zu dem merkwürdigen Konstrukt einer *Gesellschaft der Singularitäten*): auf jeden Fall ist eine Gesellschaft etwas, was nicht *gespalten* werden kann, weil die Spaltung in der Gestalt einer vielfachen Differenzierung ihr inhärent ist: in arm und reich, Besitzende und Besitzlose, Stadt und Land, Ost und West, gut und weniger gut Gebildete, in verschiedene Ethnien (deshalb der Traum der AfD von der ethnischen Homogenität), in Alterskohorten, Berufsgruppen, Wohnmilieus, kulturelle Milieus, sexuelle

Orientierungen und endlos so weiter, kurz, um es noch einmal mit Bourdieu zu sagen, in »sozialen Habitus, soziale Räume und soziale Felder«. Eine Gesellschaft ist demnach das genaue Gegenteil eines so heimeligen und wärmenden Gebildes wie der Gemeinschaft.

Dennoch lässt sich die Sorge um die *Spaltung der Gesellschaft* nicht einfach als Begriffsverwirrung abtun. Gemeint ist der gern auch genannte *gesellschaftliche Zusammenhalt*, um den es tatsächlich nicht zum Besten zu stehen scheint. Es ist gewiss antizivilisatorisch, wenn – um ein fast schon beliebiges Beispiel zu nennen – ein Querdenker-Demonstrant einen ZDF-Kameramann anspuckt. Mit Zivilisation aber – auch im Gegensatz zur *Kultur* – hat Gesellschaft sehr viel zu tun, ist sie doch gerade die Emanzipation vom Naturzustand, dem die Gemeinschaft, etwa in Form des Rudels oder der Familie, noch recht nahe ist. (Wenn in der TV-Berichterstattung vom Fußball das schöne Wort *Rudelbildung* fällt, weiß man gleich: jetzt gibt's Haue.) Wenn der *gesellschaftliche Zusammenhalt* tatsächlich poröser werden sollte, dann liegt das allerdings nicht so sehr am bösen Willen der Beteiligten – obwohl es sicher politische Akteure gibt, denen das entgegenkommt, weil sie sich als die geeigneten Führer aus der Krise anbieten können –, sondern eher daran, dass sich Gesellschaft im derzeitigen Stadium zunehmend krasser in Gewinner und Verlierer teilt und dabei die Parole gilt: *The winner takes it all*, mit anderen Worten: dass die Zeiten des »sozialen« Kapitalismus, in

Deutschland aus historischen Gründen auch »rheinischer« Kapitalismus genannt, vergangen sind und nicht wiederkehren werden.

Allerdings hat die Angst vor der *Spaltung der Gesellschaft* auch einen Wahrheitskern: Es könnte sein, dass es so etwas wie »Gesellschaft« (mit der der Begriff der Öffentlichkeit gekoppelt ist) nicht mehr gibt, weil sie in zu viele einzelne, auf Identität und damit Exklusivität pochende Teile, vielleicht gar Elementarteilchen zerfällt. Die Gesellschaft wäre dann nicht auf revolutionärem Wege abgeschafft worden, sondern einfach implodiert, weil ihre einzelnen Glieder nichts mehr voneinander wissen.

»Gesellschaft« im heutigen Sinn tritt begriffsgeschichtlich erst mit der »bürgerlichen Gesellschaft« auf, und »die Schöpfung der bürgerlichen Gesellschaft gehört ... der modernen Welt an«, schrieb Hegel. Das war allerdings 1831, und ob wir noch in der modernen Welt leben, ist nicht ausgemacht. Seitdem sind bald zweihundert Jahre vergangen, in denen die Gesellschaft nicht in den Staat als »die Wirklichkeit der sittlichen Idee« übergegangen ist, wie es nach Hegels Plan hätte laufen sollen, sondern sich im Gegenteil zunehmend atomisiert. Und die Atome leben, anders als in der Wunderwelt der Quantenphysik, in ganz verschiedenen Welten und rasseln nicht einmal mehr zusammen.

Das ist trotzdem kein Grund, sich sehnsuchtsvoll gemeinsam am Lagerfeuer (und aneinander) zu wärmen. Es gilt weiterhin: Vive la différence (ohne Ausrufungszeichen).

Das Volk und die Leute Das *Volk* ruft *Wir sind das Volk!* Es ruft *Macht Platz!* Es ruft *Hoppla, jetzt komm icke!* Es stimmt nicht, dass das Volk *nicht tümlich* sei, hier irrte Brecht. *Vorsicht Volk!*[22]

Die *Leute* dagegen sitzen an frühen Sommerabenden im Halbkreis im Garten und grillen. Wo man grillt, da lass dich ruhig nieder.

Die Intellektuellen Das Volk hasst die Intellektuellen. Das kann er gut nachvollziehen.
Die Kleinunternehmer hassen die Intellektuellen. Das kann er gut nachvollziehen.
Die Landwirte hassen die Intellektuellen. Das kann er gut nachvollziehen.
Die Einzelhändler hassen die Intellektuellen. Das kann er gut nachvollziehen.
Die Handwerker hassen die Intellektuellen. Das kann er gut nachvollziehen.
Die Banker hassen die Intellektuellen. Das kann er gut nachvollziehen.

22 Warnen Markus Liske und Manja Präkels in dem Buch gleichen Titels, Berlin (Verbrecher Verlag) 2015.

Die Leistungssportler hassen die Intellektuellen. Das kann er gut nachvollziehen.
Die Soldaten hassen die Intellektuellen. Das kann er gut nachvollziehen.
Der Vorstandsvorsitzende (CEO) hasst die Intellektuellen. Das kann er gut nachvollziehen.
Die Jungs von der organisierten Kriminalität hassen die Intellektuellen. Das kann er gut nachvollziehen.
Die Mullahs und die Imame hassen die Intellektuellen. Das kann er gut nachvollziehen.
Die Schlagerstars hassen die Intellektuellen. Das kann er gut nachvollziehen.
Der Yellow-Press-Adel hasst die Intellektuellen. Das kann er gut nachvollziehen.
Die Controller hassen die Intellektuellen. Das kann er gut nachvollziehen.

Die Intellektuellen hassen sich selbst und ihre Artgenossen. Das kann er nicht nachvollziehen, denn: *Man kann sie als interessen-promiskuitiv bezeichnen. Die Tatsache, dass ihr Geist stets auf ähnliche Weise abgerichtet ist, erleichtert ihnen das gegenseitige Verständnis und bildet ein gemeinsames Band.*[23] Warum also dieser Selbsthass der Intellektuellen? Weil sie sich zuweilen irren? Das tut der CEO auch. Und kriegt am Ende doch seinen Bonus überwiesen.

23 Helmut Heißenbüttel: D'Alemberts Ende. Neuausgabe Stuttgart (Klett-Cotta) 1981, ursprünglich 1970.

Links-Rechts-Novelle, deutsche Fassung Zu seinem Fünfundachtzigsten kommt kaum noch jemand, nur die Treuesten der Treuen nach seiner *Kehre*. Horst M., so nennen wir eine schillernde Figur der Zeitgeschichte (eventuell hochbegabt) in der zweiten Hälfte des 20. Jahrhunderts, liebt es, seinen Gesinnungswechsel aus den Neunzigern so zu benennen, mit deutlichem Anklang an Heidegger, und das hat einen Teil Wahrheit, denn dieser Wechsel war in der Tat eine Kehrtwende um 180 Grad. Vielleicht war es aber auch nur die Heimkehr zu den Eltern, zum Vater vor allem, der ein überzeugter Nationalsozialist gewesen war und sich ein paar Jahre nach dem Krieg die Kugel gab, weil er für sich nichts mehr zu tun fand. Die Mutter überlebte und brachte wohl ihre aufrechte nationalsozialistische Gesinnung bis zu ihrem Tod 1975 durch.

Viel später, als er zum man weiß nicht wievielten Male im Knast sitzt, erinnert sich Horst M. an die glücklichen Tage der Kindheit, als er sich die Haare wie Hitler geschnitten und dann, auf einem Schemel stehend, Führerreden gehalten hatte.

Der Vater erlebte nicht mehr, dass sein Sohn ein Stipendium von der Studienstiftung des deutschen Volkes bekommt, was ihn sicher stolz gemacht hätte, gerade, weil es eine Stiftung des *deutschen Volkes* war. Sein Sohn wird Mitglied der schlagenden Verbindung Landsmannschaft Thuringia.
Nach Abschluss des Jurastudiums Gründung einer ei-

genen Kanzlei in Berlin (West), 1964. Mitgliedschaft in der SPD 1965, damit zugleich Beendigung der Mitgliedschaft in der Landsmannschaft Thuringia (Unvereinbarkeitsbeschluss). Später Parteiausschluss wegen Mitgliedschaft im Sozialistischen Deutschen Studentenbund (SDS): Unvereinbarkeitsbeschluss. Als Anwalt verteidigt er neben anderen die Berliner Kommunarden Fritz Teufel und Rainer Langhans, den Studentenführer Rudi Dutschke, den Kanzlersohn Peter Brandt sowie Andreas Baader und Gudrun Ensslin (Stipendiatin der Studienstiftung des deutschen Volkes), nachdem diese 1968 zusammen mit den Genossen Proll und Söhnlein in den beiden Frankfurter Kaufhäusern M. Schneider und Kaufhof Brände gelegt hatten, die einen überschaubaren Schaden hinterließen.

Nach den so genannten *Osterunruhen* 1968 (was für ein poetisches Etikett!) wird er im Jahr danach als *Rädelsführer*[24] angeklagt. Nach der gewaltsamen Befreiung Andreas Baaders aus der Haft im Mai 1970 (u. a. durch Ulrike Meinhof, Stipendiatin der Studienstiftung des deutschen Volkes: »Und natürlich darf geschossen werden«) und nach drei Banküberfällen flüchtet er mit anderen nach Jordanien, um sich dort für den *Bewaffneten Kampf* (so lautet der Fetischbegriff) ausbilden zu lassen, und wird nach der Rückkehr im

24 Dem Rädelsführer ist in dieser Terminologie auf der intellektuellen Seite der geistige Brandstifter zugesellt, etwa Heinrich Böll.

Oktober desselben Jahres verhaftet und später wegen Bankraub und Gefangenenbefreiung zu vierzehn Jahren *Freiheitsstrafe*[25] verurteilt.

Bis dahin ist das eine schöne kohärente Biografie eines zunehmend Linksradikalen. Dann kommt aber M.s Verteidiger Otto Schily – in seinem späteren Leben Bundesinnenminister und zweimal wegen seiner umfassenden Bemühungen um die totale Überwachung mit dem *Big Brother Lifetime Award* ausgezeichnet – und bringt ihm eine Gesamtausgabe von Hegels Schriften in den Knast mit. Ausgerechnet Hegel, dessen unerschöpfliche philosophische Phantasie für nachgerade alles und das genaue Gegenteil herhalten kann. Hätten es nicht einfach die Romane von Eric Ambler sein können, oder von Jane Austen? Über den Belletristik-Leser Horst M. ist allerdings nichts bekannt, zu Hause werden, wenn überhaupt, eher die Werke von Hans Grimm, Hanns Johst, Erwin Kolbenheyer, Hanns Friedrich Blunck oder Agnes Miegel gestanden haben.

Nun aber Hegel, der ihm zunehmend den Kopf verwirrt. Man weiß natürlich nicht, ob es die *Rechtsphilosophie* oder die *Philosophie der Geschichte* oder die *Phänomenologie des Geistes* oder was auch immer war. Vermutlich alles zusammen. Der deutsche Idealismus in seinen verschiedenen Nuancen ist ohnehin wirkmächtig in be-

25 Der Begriff meint nicht, dass er zur Freiheit verurteilt wird (das wäre Sartre), sondern dass diese ihm entzogen wird. Es müsste also eigentlich Freiheitsentzug heißen.

stürzender Weise und eine originär deutsche Schöpfung. Für den Häftling M. ist seine Lektüre zunächst Anlass, sich von der RAF loszusagen, was auf Gegenseitigkeit beruht, und man weiß nicht, wer schneller war: die RAF *schließt ihn aus.* Bis dahin war gar nicht klar, dass sie jemanden *ausschließen* konnte, wie bei einem Verein oder einer politischen Partei (bei der das allerdings nicht so einfach geht). *das problem mit horst mahler ist und war schon immer,* heißt es in dem entsprechenden Dokument in der gewohnten Kleinschreibung und in dem gewohnten RAF-Stakkatorhythmus, der vermutlich an ein Maschinengewehr erinnern soll, *dass er ein dreckiger bürgerlicher chauvinist geblieben ist, der den herrschaftsdünkel, den er in der imperialistischen maschine – durch seine karriere als anwalt – zu seiner sache gemacht hatte, auf die proletarisch-revolutionäre bewegung übertragen hat ...* und so weiter. Der Text ist ellenlang und endet mit der schlichten Feststellung, M. sei *politisch eine belanglose, eine hauptsächlich lächerliche figur.*

In der Tat war er auf dem Weg dorthin, auf dem langen Marsch über die KPD-AO[26], die FDP (Sympa-

26 In der KPD-AO (KPD-Aufbauorganisation), 1970 aus der Taufe gehoben, versammelten sich damals spätere universitäre, geisteswissenschaftliche und künstlerische Koryphäen wie die Professoren Karl Schlögel und Helmut Lethen, die Publizisten Rüdiger Safranski, Klaus Kreimeier, Frieder Reinighaus und Christian Semler, die Künstler Felix Droese und Jörg Immendorff und die Theologin und künftige Bundestagsvizepräsidentin Antje Vollmer. Die Liste ist nicht vollständig.

thisant), die NPD (Mitglied, drei Jahre danach wieder ausgetreten), dann als Gründungsmitglied des Deutschen Kollegs, einer nazistischen Vereinigung mit Sitz in Würzburg, und schließlich Gründer des *Vereins zur Rehabilitierung der wegen Bestreitens des Holocaust Verfolgten.*[27]

Spätestens zu diesem Zeitpunkt war Horst M. angekommen. Oder zurückgekehrt in die glückliche Kindheitszeit, auf dem Schemel Führerreden schwingend. Rein äußerlich hat seine Rückkehr jedoch vornehmlich die Gestalt des Gefängnisses angenommen, das seit 1970 sein bevorzugter Aufenthaltsort geblieben ist. So konsequent sind all die Ex-Genossen nicht, die einen ähnlichen Weg gegangen und vor allem als Zeitschriftenherausgeber tätig sind oder als rechtsextreme Blogger ihre Pension aus der Universitätslaufbahn verzehren. Sie handeln nach dem Motto: Einmal Mandarin (links), immer Mandarin (rechts).

Als seine Haftstrafe in der JVA Brandenburg/Havel wegen seines Gesundheitszustands unterbrochen wurde und er sie nach Besserung 2017 wieder antreten sollte, haute Horst M. allerdings nach Ungarn ab und bat in einem persönlichen Schreiben an Viktor Orbán um politisches Asyl. Aber selbst der stramm antisemitische ungarische Regierungschef war nicht bereit, sich auf ein so verrücktes Spiel einzulassen. Horst M. wurde gleich an der Grenze einkassiert und in Abschiebehaft

27 Welch ein Vereinsname! Aber der Mann ist/war ja Jurist.

genommen, bekam ein Gerichtsverfahren in Budapest, wurde den deutschen Behörden übergeben und kehrte zurück in seine vertraute JVA.

Ein aktuelles Verfahren (2023) wegen Volksverhetzung wurde vorläufig wegen des bedenklichen Gesundheitszustands des Angeklagten eingestellt. Es gibt ein Foto im Gerichtssaal, wo Horst M., mit Dreitagebart, gut gekleidet, den Kopf halb auf die linke Hand gestützt, in sich hineinlächelt. Was geht in ihm vor? Resümiert er sein Leben und ist zufrieden damit? Denkt er an den deutschen Idealismus und an die »Aufgabe der germanischen Völker, die Emanzipation vom Judentum zur Vollendung zu bringen«, die er nach eigenen Worten aus seiner »Wiederaneignung« des deutschen Idealismus als Schlussfolgerung gezogen hat? Bedauert er, aus Altersgründen nicht mehr der ideologische oder gar politische Führer der germanischen Völker bei der Erfüllung ihrer Aufgabe sein zu können? Amüsiert er sich einfach nur über die Justiz, die sich trotz allem bemüht, ein korrektes Verfahren zu führen? Denkt er daran, wie alles anfing im niederschlesischen Haynau, als er zu Hause den Führer spielte? Bewahrt ihn vielleicht gerade das Wahnhafte seines Weltbildes davor, verrückt zu werden? Weiß er nicht, wie er die vielfältigen Fäden seines langen Lebens zusammenknüpfen soll? Kann ihm jemand erklären, wie er in diesen Gerichtssaal gekommen ist? Oder wartet er nur darauf – denn an Flucht und Asyl ist nach zwei Unterschenkelamputationen nicht mehr zu denken –, dass alles endlich ein Ende hat?

Mord und Totschlag Das öffentlich-rechtliche Fernsehen in Deutschland stützt sich bei der Erfüllung seines Auftrags, das ältere Publikum zu unterhalten, auf folgende vier Eckpfeiler: erstens eine große Zahl verschiedener Quizshows, zweitens eine ebensolche Zahl verschiedener Talkshows, drittens eine solide Anzahl von (zumeist Familien-)Komödien mit einem Happy End nach allerlei Verwicklungen, und viertens eine unüberschaubare Anzahl von Kriminalfilmen, entweder autonom oder mehrheitlich im Rahmen von Serien (deren aktuell älteste der *Tatort* ist), unterfüttert noch durch Dokus über die Aufklärung realer Fälle aus der Kriminalgeschichte, all das auf allen öffentlich-rechtlichen Sendern immer und immer wieder neu ausgestrahlt und zudem in der Mediathek abrufbar, auf dass dem Krimi-Junkie der Stoff rund um die Uhr nicht ausgehe.

Auffällig ist dabei, dass bei den Schilderungen und Inszenierungen von Gewalt nicht allein die berüchtigten skandinavischen Krimis ohne Skrupel und nachgerade genüsslich vorgehen, sondern selbst Serien, deren Publikum eher unter den nostalgischen Anhängern eines in der Realität längst untergegangenen südenglischen Land- und Dorflebens zu suchen ist, wie etwa bei *Inspector Barnaby*, bei der Darstellung unterschiedlichster und widerwärtigster Todesarten gründlich und ohne Zurückhaltung verfahren, offenbar mit einer gewissen Lust am Erfindungsreichtum auf dem Feld des Tötens (wobei Übertötung eine große Rolle spielt), als gelte es, de Quinceys *Mord als schöne Kunst betrachtet* fortzuschreiben. *Crime pays*, wenn schon nicht immer in der Realität, dann offenbar bei den Einschaltquoten.

Dabei kommen diese Serien allesamt aus einem zivilisatorischen Raum, in dem die Wahrscheinlichkeit, Opfer eines Gewaltverbrechens zu werden, wesentlich geringer ist als in Regionen wie etwa Lateinamerika, Teilen Asiens, des Orients, Afrikas und selbst der Vereinigten Staaten. In diesem Raum, aus dem die Serien mit ihrer Gewaltfaszination kommen, ist zwar das Gewaltmonopol des Staates nicht völlig durchgesetzt – eine utopische Vorstellung, die selbst in autoritären Staaten nicht verwirklicht ist –, aber dominant genug, dass seine Bewohner mit dem einigermaßen gefestigten Grundvertrauen auf die Straße gehen können, nicht in den nächsten zehn Minuten Opfer eines Gewaltverbrechens zu werden.

Unter dem Schutz dieses Grundvertrauens ist er aufgewachsen, ohne es könnte er nicht leben. Schon rein von seiner äußeren Gestalt her ist deutlich, dass er diesen Schutz besonders braucht, dass er zu den Schwachen gehört und nur hoffen kann, dass die Starken das nicht ausnutzen. Bisher hat er Glück gehabt, auch wenn er weiß, dass dieses Glück ihm in bestimmten Situationen nicht ohne Mimikry beigestanden hätte, weil er wie alle Schwachen weit davon entfernt ist, *ohne Angst verschieden sein* zu können.[28]

28 Das konnte Adorno, der Urheber dieser Formel, schon in der Schule nicht.

Inzwischen hat dieses Grundvertrauen Risse bekommen, und damit einhergehend ist die Überzeugung gewachsen, dass die Gewaltpräsenz auch in der zivilisierten Region, in der er lebt, immer mehr zunimmt. Zwar hat der kanadische Psychologe Steven Pinker vor gut einem Jahrzehnt ein sehr dickes Buch vorgelegt, in dem er den Nachweis erbringen wollte, dass die Gewalt im Laufe der Geschichte kontinuierlich abgenommen hat: ein linearer Prozess der Zivilisation also. Dabei hat er aber die Methoden und die Quellen so munter gemischt und in älteren Zeiten die nicht vorhandene Statistik durch die Selbstaussagen der damaligen Akteure – die notgedrungen unzuverlässige Erzähler sind – ersetzt, dass es der Kritik leicht fiel, seiner Grundthese den Boden zu entziehen.[29] Pinkers Zahlen- und Quellenakrobatik führt unter anderem dazu, dass der Holocaust in der Liste der zwanzig größten Gewaltkatastrophen der Menschheit gar nicht erst auftaucht. Wer ungebrochen an den Fortschritt der Zivilisation glaubt, hat in seinem Weltbild für deren Zusammenbruch keinen Platz.

Kleiner Katalog der Schutzräume Der Familienlegende nach, die er allerdings nicht mehr überprüfen kann, hat er sich lange dagegen gewehrt, auf die Welt zu kommen. Diese Geschichte leuchtet ihm sofort ein.

29 Stellvertretend nur: Herfried Münkler, Alle Kurven weisen auf den ewigen Frieden, FAZ vom 18.10.2011, und Thomas Kleinspehn: Vehemente Begründung der abnehmenden Gewalt, Deutschlandfunk 13.01.2012.

Sie erklärt seine frühe Suche nach Verstecken und Schutzräumen, etwa nach Höhlen im Wald nahe der elterlichen Wohnung in N. (Damals war ihm der Wald noch nicht *das Düstere*, noch unbelastet von germanischen Mythen und Geschichten aus Niflheim.)

Später, als sie in eine waldfreie Region umgezogen waren und er schon älter war, versteckte er sich abends in der Dunkelheit oft auf einem kleinen Platz am Hafen, um in Ruhe eine Zigarette zu rauchen, bevor er nach Hause zurückkehrte, wo ihm der ausgebaute Dachboden des elterlichen Hauses mehrere Jahre lang als Schutzraum diente. Zu seinen bevorzugten Plätzen gehörten auch Randlagen des Städtchens, etwa der kleine Flugplatz, von dem aus man unter anderem im Taxibetrieb per Helikopter oder Leichtflieger auf die Inseln übersetzen kann. Ein weiterer Schutzraum war die Nesse, eine damals kaum bebaute Insel mitten im Stadtgebiet, die von den Wassern der beiden Hafenarme umschlungen wurde und heute mit Zweitwohnungen für Reiche aus rheinischen Großstädten zugebaut ist.

Mit Petri Tamminen[30] teilt er die Ansicht, dass gerade auch öffentliche Einrichtungen hervorragende Verstecke bieten, ebenso das Museum, die Bibliothek, der Flughafen, das Fabrikgelände und Menschenmengen.

30 Petri Tamminen, Verstecke, Frankfurt/M. (Suhrkamp) 2005. Dieses Buch ist ein Vademecum für alle Schutzbedürftigen.

Auch leere Kirchen (und Kirchen sind heute überwiegend leer) können als Versteck und Schutzraum dienen, etwa die Apostelnkirche am Kölner Neumarkt, in der das Summen des großen Konsumfests draußen vollständig verstummt.

Die Krönung aller Schutzräume ist jedoch zweifellos das Hotelzimmer. Allerdings gilt, da stimmt er Tamminen zu, eine Bedingung: »Je vornehmer das Hotel, um so besseren Schutz bietet es. (…) Die Obhut des Luxushotels spürt man schon am Eingang. (…) Niemand verteidigt den kleinen, zahlenden Menschen so energisch und bedingungslos wie der Portier eines ehrwürdigen Hotels.« Er ist geneigt, Pascals berühmten Satz um eine Winzigkeit zu ändern: »Das ganze Unglück des Menschen kommt daher, dass er nicht ruhig in seinem *Hotel*zimmer bleiben kann.«

Alle hier aufgezählten Verstecke jedoch sind nicht als endgültiger Unterschlupf gedacht, in dem man sich für immer verkriecht, sondern lediglich als Stützpunkte, von denen aus man die Dinge unter Umständen besser sieht. Sie sind ganz besondere Eingangspforten in die laufenden Diskurse und ermöglichen es in den glücklichsten Fällen denen, die über sie eintreten, nicht im Namen von Gesetz, Gewalt und Selbstbehauptung zu sprechen, sondern, nach dem Wunsch von R. B., *das Übrigbleibende* zu artikulieren.

Die Chance, sich für immer zu verkriechen, ist dagegen schon in dem Augenblick vertan, da man zur Welt kommt. Oder, wie es Philipp Roskol in Wolfgang Hildesheimers heillos unterschätztem Roman *Paradies der falschen Vögel* sagt, am besten seien die dran, die niemals geboren seien, um dann hinzuzufügen: »Aber das kommt unter tausend Fällen höchstens zwei- bis dreimal vor.«[31]

Im Kino bleibt für ihn die schönste Satzsequenz eine Szene aus Jean-Pierre Melvilles *Le deuxième souffle* (*Der zweite Atem*), Frankreich 1966. Inspektor Blot, großartig dargestellt durch Paul Meurisse, stellt dem aus dem Knast ausgebrochenen Altgangster Gustave Minda, genannt Gu (Lino Ventura) endlich erfolgreich eine Falle. Nach dem Coup sagt Blot zu seinen Mitarbeitern: *Ich danke Ihnen, meine Herren, das hat ja sehr schön geklappt. Endlich hat mal was geklappt.* Diese tiefe, durch den begleitenden Sarkasmus von allem Pathos befreite Befriedigung über eine gelungene (Männer-)Teamarbeit, über erfolgreichen Professionalismus, amüsiert und rührt ihn zugleich so sehr, dass er gern Teil der Szene gewesen wäre.

Im Kino 2 Abbé La Margelle (Julien Guiomar): *Außerdem ist Ihr Ehrgeiz inzwischen befriedigt, hm?*

31 Hildesheimers Roman ist bei Suhrkamp als Print on Demand noch immer erhältlich.

Georges Randal (Jean-Paul Belmondo): *Nein.*
Abbé La Margelle: *Nein?*
Georges Randal: *Ich wollte nie etwas Anderes erreichen als das Unmögliche.*
Abbé La Margelle: *Sie auch! Oh, dass uns einer geboren würde …*

Louis Malle, *Le Voleur (Der Dieb von Paris),* Frankreich/Italien 1967

Eine Szene, die ihn schon damals ergriffen hat, als er den Film, der nach Aussage der Kritik eine Komödie sein sollte, zum ersten Mal sah, in einem Westberliner Kino. Belmondos Resignation, seine Müdigkeit, die seiner eigenen gleichkam, so glaubte er, denn er überlegte damals, sich in eine Psychosomatische Klinik einweisen zu lassen, all das verschaffte ihm Trost. Aber dann der Abbé, der aus den Erlösen seiner jahrzehntelangen Einbrechertätigkeit Kirchen in China bauen will: *Oh, dass uns einer geboren würde …* Dem neuen Heiland nach, dem Unmöglichen entgegen? Den neuen Träumern des Absoluten?

Er möchte lieber nicht.

Was ihn auf die Palme treibt (Idiosynkrasie wäre hier ein zu höflicher Begriff): wenn jemand im Kino das Maul nicht halten kann.

Das Schöne am Kino: dass man dort Tränen der Rührung vergießen darf (etwa, wenn Victor László dem Orchester sagt: *Spielen Sie die Marseillaise. Spielen Sie!*), Tränen, die im *wirklichen Leben* nur abgeschmackt wären. Übrigens ist das der wahre Grund, warum es im Saal dunkel wird.

Degas Ihm verzeiht er sogar seine politische Dummheit, sein Reaktionärstum und seinen Antisemitismus. Aber nur ihm. Was ihn entschuldigt, ist dieser Satz: *Das ist meine Auffassung vom Genie: ein Mann, der eine Hand so reizend, so wundervoll, so schwer wiederzugeben findet, dass er sich sein ganzes Leben einschließt und damit zufrieden ist, nichts anderes zu machen, als Fingernägel zu skizzieren.*[32]

Vermeer Das größte Rätsel in seiner persönlichen Rezeptionsgeschichte. Es beginnt damit, dass er nicht mehr weiß, wann und in welcher Gestalt ihm der Maler zum ersten Mal begegnet ist. Auf der Schule, während des Studiums oder erst in den Achtzigern? Und war es das unvermeidliche *Mädchen mit dem Perlenohrgehänge,* das Lieblingsbild der Literaten (das auch ihn zu einer langen Erzählung angetrieben hat)? Er glaubt eher, dass es ein Bild wie die *Junge Frau mit Wasserkanne am Fenster* oder *Die Musikstunde* oder

32 Zitiert nach Wilhelm Schmid (Hg.): Wege zu Degas, München (Matthes & Seitz) 1988.

auch *Der Soldat und das lachende Mädchen* war, an dem er begriffen hat, was *Licht* sein kann. Licht, das in einen Innenraum fällt und ihn erhellt. Streichelt. Besänftigt. Beschützt. Umschmeichelt. All diese Wörter treffen nicht genau, was er meint. Vielleicht dies: das Licht stellt eine Verbindung zur Außenwelt her, ohne dass diese in den Innenraum gewaltsam eindringt, ihn überwältigt. Ihn sich unterwirft.

Und so der Betrachter: Er ist Teil des Bildes und bleibt zugleich davor, bewahrt seine Souveränität. Manchmal scheucht er die handelnden Personen aus ihrer Tätigkeit auf, etwa die *Briefschreiberin in Gelb,* die ihn bemerkt hat und ihn direkt anblickt; zumeist aber muss man sich ihn hinter einem Vorhang verborgen vorstellen, ein Voyeur, der nicht unverschämt ist, nicht lüstern, sondern verzaubert.

Worin besteht das Rätsel? Wohl darin, dass diese Bilder nur wenig mit der im Goldenen Jahrhundert weit verbreiteten Genremalerei zu tun haben. John Michael Montias, der das großartige Buch *Vermeer and His Milieu* geschrieben und am meisten dazu beigetragen hat, das Dunkel von Vermeers ersten einundzwanzig Lebensjahren wenigstens etwas zu erhellen (Montias lehrte an der Yale University und war sowohl Wirtschaftswissenschaftler wie Kunsthistoriker, was ihm als Analytiker des holländischen Kunstmarkts im 17. Jahrhundert sehr zugute kam), kommt zu dem vorsichtigen Schluss, Vermeer habe den Großteil der vorgeschriebenen sechsjährigen Ausbildung entweder in Amsterdam oder in Utrecht absolviert, vielleicht auch sukzessive in beiden Städten, bevor er Aufnahme in der Lukasgilde seiner Heimatstadt fand. (Diese vereinte Kunsthändler, Maler, Glasmeister, Sticker, Bildhauer und Keramiker. Vermeers Vater, der nicht nur das Wirtshaus *De Vliegende Vos* betrieb, sondern zugleich als Kunsthändler tätig war, war dort bereits seit 1631, also ein Jahr vor Vermeers Geburt, Mitglied.)

Zweifellos hat Johannes Vermeer während dieser Ausbildungszeit etwas gelernt, aber das Neue, das er in die Malerei einbrachte, konnte er nirgends lernen: wie man in der Malerei die Illusion von Licht erzeugen kann. Licht selbst lässt sich nicht malen. Wie das Licht den Figuren und den Menschen eine neue Stofflichkeit verleiht, wie es sie erleuchtet, und wie das oft nicht durch Farbauftrag, sondern durch dessen Absenz geschieht, das konnte Vermeer weder in Amsterdam noch in Utrecht gelernt haben. Bilder ohne sichtbaren Pinselstrich, als wolle deren Schöpfer vollständig hinter ihnen verschwinden. Dazu ein Pointillismus zweieinhalb Jahrhunderte avant la lettre: die vielfachen weißen und andersfarbigen Pünktchen, die nicht das Licht wiedergeben, sondern dessen Wirkung.

In seinen Interieurs sehen wir nie, was jenseits der Fenster ist, durch die das Licht einfällt. Und es interessiert uns auch nicht. Es reicht zu wissen, dass draußen *die Welt* ist. Die ganze Aufmerksamkeit gilt der

Alltagsszene, die dargestellt wird. Etwas salopp gesprochen, sind seine Gemälde keine Bilder, sondern *film stills*. Aber auch das trifft es nicht genau. Es sind keine *stills*, sondern lebendige Szenen, in einem bestimmten Augenblick angehalten, aber deutlich mit dem Davor und Danach verbunden. Vermutlich ist er deshalb der Favorit vieler Literaten, die immer auf der Suche nach einer Geschichte sind. (In der Moderne findet das seine Parallele bei Edward Hopper.) Allerdings verwandelt sich der Moment, in dem diese Geschichten angehalten sind, dann doch wieder in ein *still*. Das ist jedoch ein völlig unzureichender Ausdruck für einen Moment der Ewigkeit. Denn diesen Eindruck hat er immer, wenn er ein Vermeer-Gemälde betrachtet: dass diese Szenen, diese junge Frau mit Wasserkanne am Fenster, diese Spitzenklöpplerin und diese Magd mit der Milchkanne, dieser Geograf und diese Wolken über Delft als Momente der Ewigkeit gebannt wurden.

Wie soll man sich das Leben eines Malers vorstellen, der seit seinen Anfängen an solchen Momenten der Ewigkeit arbeitete und mit seiner Frau und elf Kindern unter der kritischen Aufsicht seiner Schwiegermutter lebte, die zuerst in die Heirat nicht einwilligen wollte? Es muss Förderer und Auftraggeber gegeben haben, die es ihm erlaubten, so viel Zeit an jedem einzelnen Bild zu arbeiten, dass am Ende sein Lebenswerk gesichert *nur* siebenunddreißig Bilder umfasst (Korrekturen weiterhin vorbehalten). Kein Vergleich mit einem Rembrandt oder Frans Hals. Auch kein Gedanke, er könne Schüler oder Zuarbeiter gehabt oder gar eine Malfabrik betrieben haben wie manche seiner Zeitgenossen. Dieser Maler musste allein bleiben.

Sein Atelier war sicher ein geschützter Raum wie die gleichermaßen geschützten Interieurs auf seinen Bildern; Zutritt dazu hatten vermutlich nur die Modelle, und die kamen wenigstens zum Teil aus der eigenen Verwandtschaft. Die Intimität, die die Mehrheit seiner Bilder ausstrahlt, beherrscht auch seinen Arbeitsalltag. Schwer vorstellbar, seine Frau oder eins seiner Kinder oder eine Dienstmagd hätte ihn zu bestimmter Zeit zum Essen gerufen. Andererseits auch nicht ausgeschlossen, dass es so war und der pater familias nach einer angemessenen Ruhepause an seine Arbeit zurückkehrte. Schon in seiner Kindheit und frühen Jugend, die er in dem von seinem Vater betriebenen Wirtshaus in Delft verbrachte, dürfte er, da er ein Nachzügler war (die Schwester Geertruyt war zwölf Jahre älter), nach Montias' Vermutungen wenig mit häuslichen Arbeiten zu tun gehabt und schon früh in seiner eigenen Welt gelebt haben. Er geht davon aus, dass seine ältere Schwester zusammen mit den Dienstboten half, *making beds, serving tables, and running errands for the establishment. As a boy Johannes probably demonstrated early signs of his artistic gifts, surrounded as he was by the painters and art dealers that his father frequented for his picture business. Born when his mother was already thirty-seven years old, with no brothers or sisters of his own age to divide his parents' affection, he must have been the object of their solicitude attention.*[33] Mit einem Wort, er war der Familienprinz.

Da für die Zeit zwischen seiner Taufe am letzten Oktobertag 1632 und seiner Verlobung mit Catharina Bolnes 1653 nicht ein einziges Dokument vorliegt und auch die Zeiten danach nur spärlich dokumentiert sind, sollte er die *Sphinx von Delft* bleiben. Das Rätsel *dieser* Sphinx wird – hoffentlich – unlösbar bleiben, auch wenn die Röntgentechnik inzwischen ein wenig mehr Licht ins Dunkel bringen kann, ein Licht aber, das es mit dem seiner Bilder nie wird aufnehmen können. Und es ist durchaus tröstlich und angemessen, dass in Prousts *Recherche* des armen Charles Swanns Studie über Vermeer nie fertiggestellt wird, obwohl Odette ihn dazu anstachelt, sie wiederaufzunehmen. Zugleich ist sie, als *un amour de Swann*, der Grund, warum sie nie fertiggestellt werden wird.

Sprachen aus der Fremde Wäre er in der Lage, mit dem historischen Johannes Vermeer zu sprechen, würde man diesen durch spiritistische Künste in die Gegenwart holen? Gemeint ist nicht die Frage, ob sie Deutsch oder Niederländisch miteinander sprechen könnten, da würde es auf jeden Fall einen gangbaren Weg geben. Die Frage zielt darauf, ob sie beide einen gemeinsamen Eindruck davon hätten, wovon die Rede

33 John Michael Montias, Vermeer and his Milieu. A Web of Social History, Princeton University Press 1989.

ist, ob sie sich ansatzweise oder sogar umfassend verstehen würden? Was Vermeer und seine Zeit angeht, ist er da einigermaßen optimistisch. Schließlich hatte, nach den gängigen Definitionen, die *Neuzeit* schon längst begonnen, das Bild und die Kenntnis der Welt unterschiede sich also nach dem spiritistischen Zaubertrick nicht so grundsätzlich voneinander, wie die Heutigen das vielleicht annehmen, denn bekanntermaßen *hat der Fortschritt das an sich, dass er viel größer ausschaut, als er wirklich ist.*[34]

Er hätte auch keine Zweifel, dass er Vermeers Stimme als eine erkennbar menschliche wahrnehmen würde, als eine ihm auch von *heute* vertraute, etwas, was er wiedererkennen würde. Wie würde das aber aussehen bei einem Mönch aus dem ersten Drittel des 14. Jahrhunderts, etwa mit Adson von Melk, dem Erzähler in Ecos *Der Name der Rose*, oder, um deutlich weiter zurückzugehen in die merowingische Zeit, mit einem Mönch aus dem 7. Jahrhundert? Würden wir einen Unterschied zu uns etwa in der Stimme oder der Artikulation dieses Mönches erkennen? Und – wesentlich entscheidender –, wären wir noch in der Lage zu begreifen, was ihn umtreibt, worum seine Gedanken sich drehen, worin seine Hoffnungen und Ängste kreisen, oder wäre er uns und wir ihm fremd in einem Ausmaß, das daran zweifeln ließe, ob beide Seiten derselben Gattung an-

34 Johann Nepomuk Nestroy, Der Schützling, zitiert nach Ludwig Wittgenstein, Philosophische Untersuchungen, Frankfurt/M. (Suhrkamp), stw 501, 17. Auflage 2006.

gehören? (Das Paradox besteht natürlich darin, dass wir uns solche Fragen bezüglich der Antike nicht stellen würden, sondern ganz selbstverständlich davon ausgingen, eine angeregte Unterhaltung etwa mit Cicero sei problemlos möglich.) Hätten wir ein Bild von der Erde und der Welt, das an einzelnen Stellen Ähnlichkeiten aufwiese und sich hier und da sogar zur Deckung bringen ließe? Die Sterne – wenn auch andere – standen schließlich auch damals am Himmel, und der Mönch könnte durchaus eine Ahnung gehabt haben von der Größe des Alls, nicht aber von seiner Unendlichkeit. Er würde das sichtbare Himmelszelt wie alles andere als Schöpfung Gottes begriffen und keinen Zweifel daran geäußert haben, dass Gott diese Schöpfung nach seinem Plan eingerichtet habe und deshalb jeder Stern an seinem richtigen Platz sei. Noch kein Gedanke an Pascals *Das ewige Schweigen dieser unendlichen Räume erschreckt mich.* Der Mönch aus dem Kloster dagegen spürt kein Schweigen und sieht seine eigene Aufgabe in diesen keineswegs unendlichen Räumen vor allem darin, die Gebetszeiten einzuhalten und unaufhörlich Gottes Lob und damit das Lob der Schöpfung zu singen, die Arbeiten auszuführen, die der Dekan oder Abt ihm zuweist, und unbedingten Gehorsam zu leisten, weil dies die oberste Regel ist. Er wird sich vor allem um sein Seelenheil sorgen, eine Sorge, die wir heute nur noch in der Form der Suche nach der richtigen Therapie kennen, wobei Gott uns vermutlich am nächsten ist, wenn wir ihm nicht ins Angesicht schauen, sondern er hinter uns am Kopfende der Couch sitzt.

Vermeer mag sich vielleicht nicht weniger um sein Seelenheil gesorgt haben, dies aber in einer Welt, die uns vertrauter erscheint und deren Sprachen nicht aus der Fremde kommen. Nach neueren Theorien soll der Delfter in seinem Werk – und nicht nur in der späten *Allegorie des katholischen Glaubens* – deutlich von den Jesuiten beeinflusst worden sein, die in unmittelbarer Nachbarschaft der Familie residierten.[35] Das rückt ihn aber nicht in die Nähe von Adson von Melk oder des Mönches aus der Merowingerzeit. Im Gegenteil, mit den Jesuiten, ließe sich sagen, begann die kirchliche Moderne, und ihr wissenschaftlicher Forschungsdrang zur damaligen Zeit ist bekannt. Ein Gespräch zwischen Vermeer und Ignatius von Loyola, das wäre vielleicht interessant zu verfolgen.

Genau Aus der Fremde kommen für ihn auch noch nicht die Sprachen der heute Jungen. Eine Zeitlang hat er das geglaubt, aber noch kann man sich leicht verständigen. Für die Alltagspraxis reicht es aus, zu wissen, dass *genau* nichts mit Präzision zu tun hat, sondern das altmodische *ja* ersetzt. Ansonsten klappt die Verständigung problemlos. Wie das allerdings in fünfzehn, zwanzig Jahren aussehen wird, darüber mag er nicht nachdenken. Muss er auch nicht, denn in fünfzehn, zwanzig Jahren ist er tot.

35 Gregor J. M. Weber: Faith, Light and Reflection. Amsterdam (Rijksmuseum) 2022.

Giacometti Bei Giacometti interessieren ihn fast ausschließlich jene staksigen Figuren, meist Männer, die (nicht selten leicht vornüber gebeugt) sich vorsichtig vorwärts bewegen, exemplarisch etwa die Skulptur *Der Platz* (während die Männer sich vorsichtig bewegen, steht die einzige Frau starr und aufrecht). Er weiß, dass das gegenüber der sonstigen Arbeit von G. höchst ungerecht ist, aber diese Figuren haben ihn, als er zum ersten Mal mit ihnen konfrontiert war (in Katalogen, auf Postkarten, noch nie im Original), so stark befremdet, vereinnahmt und geängstigt, dass der Rest des Werkes dieses ungemein produktiven Künstlers dahinter verblasste. Fast jede dieser fragilen Skulpturen scheint ihm eine Verbildlichung des Satzes von Friedrich Wilhelm Schelling: *Das Gehen ist ein beständig verhindertes Fallen.*[36]

Das Leben muss für Giacometti ab einem bestimmten Zeitpunkt ein beständig verhindertes Sterben gewesen sein. Er ist besessen von der fragilen Existenz des Menschen und wundert sich, dass die meisten Menschen sich aufrecht halten können und nicht einfach umfallen.

Das Ereignis, dass dazu führte, lässt sich genau datieren: der 5. September 1921, Giacometti ist noch nicht einmal zwanzig Jahre alt. Er befindet sich auf einer ge-

36 Zitiert nach Hans Magnus Enzensberger, Fallobst. Nur ein Notizbuch, Berlin (Suhrkamp) 2022.

meinsamen Reise nach Venedig mit dem vierzig Jahre älteren holländischen Staatsarchivar Pieter van Meurs. Während des ersten Zwischenstopps im Grand Hotel des Alpes in Madonna di Campiglio erleidet der Holländer eine Nierenkolik. In der Nacht vom 4. auf den 5. September stirbt er.

Seitdem kann G. nie mehr ohne Licht schlafen. Es ist die Plötzlichkeit und völlige Würdelosigkeit dieses aus nächster Nähe erlebten Todes, die ihn schockiert. Er weiß, dass die Angst vor der Dunkelheit *infantil* ist, denn die Bedrohung (durch den Tod) *ist in der Dunkelheit nicht größer als in der Sonne.* Aber: *Wir arbeiten, um dem, was vergehen muss, Dauer zu verleihen.*[37]

Er selbst stirbt am 11. Januar 1966 um 22 Uhr 10 im Kantonsspital Chur an einem entzündlichen Herzleiden, das seinerseits Folge einer jahrelangen chronischen Bronchitis ist: der übliche Abnutzungskampf, den das Leben eines Menschen bedeutet. Hat er im Spital auch bei Licht schlafen dürfen?

Achtzehnuhrvorstellung in seinem Stammkino. Er wundert sich immer wieder über die vielen Grauköpfe, die noch ins Kino gehen, und vergisst, dass er selber einer von ihnen ist. Es ist in eins das Kinopublikum von gestern und von heute.

37 Jean-Marie Drot, Ein Mensch unter Menschen, Film 1963, auf YouTube oder DVD, »Alberto Giacometti«, arte 2001.

Glücksnovelle Im Sommer 2018 nutzt Murnau, so nennen wir einen Mathematiker im Ruhestand, auf halber Höhe zwischen Frankfurter Nordend und Innenstadt, die Außengastronomie eines Restaurants. Der Lärm der stadteinwärts führenden Friedberger Landstraße ist weit genug entfernt; dazu kommt, dass die Zeit des Berufsverkehrs schon vorüber ist.

Der Tag ist sehr heiß gewesen, aber nun kommt in der Abendsonne ein leichter Wind auf. Es ist etwa sieben Uhr, die meisten der Tische sind besetzt mit Paaren, einer mit Arbeitskollegen nach Feierabend (was aus dem Gespräch hervorgeht, das die beiden miteinander führen), ein Tisch vermutlich mit Vater und Sohn, vielleicht auch Onkel und Neffe, jedenfalls ein älterer und ein noch sehr junger Mann, die durch ein Verwandtschaftsverhältnis miteinander verbunden sind, was Murnau weniger aus ihrem Gespräch ableitet, das er nur teilweise mithören kann, als aus ihrer Gestik, die er als *Verwandtschaftsgestik* identifiziert, eine spontane Wortprägung, die er als so gelungen empfindet, dass er versucht ist, sich selbst anerkennend auf die Schenkel zu klopfen. Das wäre jedoch der friedlichen Abendstimmung an den Tischen und auch ihm selbst nicht angemessen.

Soweit er die Gespräche, die Mimik und die Gestik der an den Tischen Sitzenden dechiffrieren kann, ist das Unglück selbst in seinen schwächsten Spielarten an diesem Ort abwesend. Nicht einmal die beiden Servicekräfte, die hier draußen Bestellungen aufnehmen bzw. Bestelltes mit dem Wunsch *guten Appetit* oder der Aussage *so, hier noch ein Weizen* ausliefern, machen einen unwilligen Eindruck. Ihr professionelles Lächeln wirkt wahrhaftig und nicht erzwungen. Er kann das leicht verfolgen, weil er nah an der geöffneten Tür zum Restaurant sitzt und die beiden fast die ganze Zeit im Blick hat, begleitet von der Musik der zusammengesuchten Bestecke und dem Klang der Gläser aus dem Inneren des Restaurants.

Tagsüber hat er sich mit einem Kollegen getroffen, der seinerseits im Ruhestand ist und der ihm während eines Spaziergangs auf dem Sachsenhäuser Ufer, gegenüber die Skyline fest im Blick, von einer Affäre berichtet, in die er verwickelt ist, so bruchstückhaft und umständlich, dass Murnau wenig davon versteht, bis seine Gedanken ganz abschweifen und er sein weiteres Zuhören allein durch ein eingestreutes *hm* oder *jaja* demonstriert. Dieser Kollege ist doch außerhalb ihres gemeinsamen Fachgebiets ein ziemlicher Langweiler, fällt ihm jetzt auf. Als sie auf der Höhe der Flößerbrücke wenden, um sich auf den Weg zurück zum Eisernen Steg zu machen, kehrt er zum aufmerksameren Zuhören zurück und begreift endlich, dass der Kollege ihm die ganze Zeit nicht von einer aktuellen Affäre erzählt hat, sondern dass diese bereits vor Wochen beendet ist, wobei das nicht von seiner Seite ausging, sondern er verlassen wurde. Murnau begreift erst jetzt, dass der andere ihm von seinem Unglück und seinem

Leiden hat berichten wollen, und nun schämt er sich ein wenig über seine Zerstreutheit, ja Abwesenheit, die sich jetzt in Hilflosigkeit verwandelt. Er hat kaum zugehört: woran kann er also anknüpfen, um wenigstens ein wenig Trost zu spenden? Es bleibt ihm nur, den anderen am Arm zu fassen und zu drücken; zu einer Umarmung langt es nicht zwischen den beiden. Dann die Erinnerung an einen Satz vor vierzig Jahren, den er aber nicht laut ausspricht: *Verlassenwerden ist schließlich ein härteres Übel als eine Blinddarmentzündung.*[38] Man trennt sich an der Gallusanlage, und er lässt das Unglück hinter sich.

Hier oben, wo das Unglück so deutlich abwesend ist, bringt ihm jetzt eine der beiden Servicekräfte, in diesem Fall der junge Mann, den bestellten Flammkuchen mit einem Folgebier an seinen Tisch und wünscht *guten Appetit*, wobei sein Lächeln noch immer völlig unangestrengt ist. Murnau lächelt dankbar zurück, und plötzlich treten alle Geräusche hier draußen in den Hintergrund, während er von einem Glücksgefühl überwältigt wird, wie er es lange nicht mehr gekannt hat. Es ist die Musik der Bestecke und der Gläser, welche im Inneren des Restaurants sortiert werden, die ihn über dreißig Jahre zurückversetzt.

Zu ähnlicher Tageszeit wie jetzt in Frankfurt streift er damals durch einen kleinen Ort namens Châteauneuf-

38 Botho Strauß, Die Widmung, München (Hanser) 1977.

sur-Loire, östlich von Orléans. Er ist buchstäblich mutterseelenallein, denn die Bewohner des Ortes sind um diese Zeit zu Hause oder im Restaurant beim Essen versammelt. Aus den offenen Fenstern ist überall diese Musik der Bestecke und Gläser zu hören, der Klang des Geschirrs, alles hell gestimmt, als gelte es, den Sommer draußen vor den Fenstern zu feiern. Dass er *mutterseelenallein* ist, ist kein Grund zur Klage, sondern zum Jubel, denn niemand weiß in diesem Moment, wo auf der Welt er sich gerade aufhält. Er nimmt den leicht abschüssigen Weg zum Flussufer, an dem ein nicht befestigter Weg entlangführt, und setzt sich in den Sand. Dies ist der Moment, an dem für ihn die Zeit – endlich – stillsteht, höchstes Glück. Einer von wenigen Momenten, es hat einige andere von gleicher Qualität in seinem Leben gegeben, nimmt er an, auch wenn er jetzt keinen davon aufrufen kann. Allein, aber nicht allein auf der Welt; die Menschen haben ihn nicht verlassen, sondern machen ihre Besteck- und Gläser- und Geschirrmusik und lassen ihn mit seinem Glück allein am Ufer sitzen. Eine halbe Stunde später geht er selbst essen, im Restaurant des Hotels, in dem er auch übernachten wird, und stellt sich ein Menu zusammen aus *Les Entrées, Les Viandes, Les Volailles, Les Poissons, Les Desserts.*

Auch hier zwischen Nordend und City geht es jetzt weiter. Der freundliche junge Mann fragt im Vorbeigehen, ob *alles in Ordnung* ist, und der Onkel sagt zu seinem Neffen: *Hasebe, vergessen wir nicht Hasebe.*

Warum sehen wir Tiere an? fragte vor mehr als vier Jahrzehnten John Berger in einem sehr aufschlussreichen Essay über das heutige Verhältnis von Mensch und Tier (das nur noch rudimentär existiert) und über das Zoowesen.

Er möchte die Frage gern umdrehen: Warum und wie sehen Tiere uns an, und tun sie es überhaupt? Der treue Blick des Hundes ist kein Beweis, denn Hunde sehen bekanntlich nicht besonders scharf, und ihre räumliche Wahrnehmung ist eingeschränkt. Sie erschließen sich die Welt vornehmlich über ihren legendären Geruchssinn und das scharfe Gehör. Auch das Herrchen ist vermutlich mehr ein Geruch als eine Gestalt.

Aber die Katze mit ihren vertikalen Pupillen und ihrem besonders in der Dämmerung und Dunkelheit scharfen Blick! Doch sieht sie uns an, oder sieht sie durch uns hindurch? Kann man einer Katze in die Augen sehen? Ihre vertikalen Pupillen helfen ihr in der Dämmerung und Dunkelheit, also in der Jagdzeit. Menschen gehören nicht zu ihren Beutetieren, sondern sind allenfalls Futtergeber und Verteiler von Zärtlichkeiten.

Er weiß selbstverständlich, dass diese Arten von Klassifikation, dass Klassifikation überhaupt menschlich ist, anthropomorph. Vermutlich ist dem Anthropomorphismus bei unserem Verhältnis zu Tieren (nur zu Tieren?) nicht zu entkommen. Wäre es aber denkbar, dass die Tiere ihrerseits untereinander einen *Diskurs* über die Menschen führen, dass sie eine *Meinung*, vielleicht sogar eine *Theorie* haben, formuliert in nichtsprachlichen, kommunikativen Systemen, die wir nicht kennen oder die noch nicht erforscht sind? Schließlich haben die meisten Tiere ein *Bewusstsein*, darauf besteht er. Sollte ihnen diese Tatsache nicht unter Umständen erlauben, auch Fragen zu stellen, mögen diese auch keine Antwort finden, wie in Lars Gustafssons Jahrhundertgedicht *Elegie auf einen Labrador*?

… Unsere Freundschaft
war natürlich ein Kompromiss: wir lebten zusammen
in zwei verschiedenen Welten, der meinigen
mit ihren Buchstaben, einem lebenslänglichen Text,
und der deinen mit ihren Gerüchen …

… Ich nannte dich »Hund«.
Ich frage mich ganz im Ernst: Hast du mich wohl
für einen größeren, lauteren »Hund« gehalten,
oder für etwas anderes, etwas für immer Unbekanntes,
das einfach ist, was es ist und existiert
auf seine Weise und damit basta: den Pfiff
durch den nächtlichen Park, dem zu folgen
man sich angewöhnt hat ohne so recht zu wissen,
was das ist, dem man folgt. Und ich
wusste ebenso wenig von dir und davon, was du warst.
Von diesem objektiveren Standpunkt aus
waren wir zwei Organismen, zwei jener Orte,
an denen das Universum sich in sich selber

verknotet, verwickelt, kurzlebige, komplexe Strukturen
aus Eiweiß, die sich immer weiter verheddern müssen …
…
Du warst eine Frage,
gerichtet an eine andere Frage, sonst nichts,
und keine von beiden konnte der andern Antwort geben.[39]

Hoffnung für Schildkröten Seine eigene, die menschliche Gattung, hat mit den anderen gemein, dass ihre Selbsterhaltung (als Gattung wie auch bei ihren einzelnen Individuen) im Vordergrund steht. Damit nicht genug, schreitet sie jedoch zum Streben nach absoluter Dominanz fort und verfügt durch verschiedene Missgriffe der Evolution (vor allem die Entwicklung zum *homo sapiens*) mehr und mehr über die Mittel dazu. Deshalb kann er die Gattung nicht liebenswert finden (einzelne Exemplare davon schon) und empfindet es als Glück, dass sie in ihrer Rastlosigkeit auch die Mittel ihrer eigenen Auslöschung längst entwickelt und bereitgestellt hat.

Die positiven wie negativen Phantasien der Zukunftsforschung sind (wie die Zukunft überhaupt) nicht seine Sache, dafür hat diese (die Forschung wie auch die Zukunft selbst) sich in den letzten Jahrzehnten zu häufig blamiert. Die Gewissheit dagegen, dass es eines Tages zu Ende sein wird mit der eigenen Gattung und

39 Lars Gustafsson, Die Stille der Welt vor Bach. Gedichte, München (Hanser) 1982.

dass deren Auftritt in der Erdgeschichte letztendlich eine Petitesse gewesen sein wird, beruhigt ihn ungemein und erfüllt ihn mit Dankbarkeit. Er hofft nur, dass beispielsweise die Schildkröte, rund achtmal älter als der Mensch, auch diesen überleben wird. Und die Erde das Anthropozän.

Auf der anderen Seite ist die Apokalypse fast so alt wie die Menschheit.

Niemals reaktionär, aber oft konservativ wie eine Katze.

Was ihm nicht passieren darf: dass er sich um die Bundesrepublik Deutschland verdient gemacht hat. Aber wie denn auch?

Weltrangliste Der Bundespräsident Steinmeier hat den Schriftsteller Martin Walser, der den Antisemitismus in Deutschland auch in hochkulturellen Kreisen wieder salonfähig gemacht hat,[40] nach dessen Tod »einen großartigen Menschen und einen Schriftsteller von Weltrang« genannt, »den es im Innersten antrieb, den eigenen Empfindungen so wahrhaftig wie möglich Ausdruck zu verleihen«. Mehr ist dazu eigentlich nicht zu sagen.

40 … der natürlich auch dort nie verschwunden war, wie wir aus der Geschichte der Gruppe 47 wissen …

Boizenburger Sonntag September 2016, sie machen Ferien am Rande des Wendlands, in Bleckede an der Elbe. An einem Sonntag passieren sie die ehemalige *Zonengrenze* und fahren nach Boizenburg, in der DDR damals Sperrgebiet. Er erinnert sich, dass er ein paarmal die Grenze an diesem Kontrollpunkt passiert hat, auf seinen zahllosen Fahrten zurück nach Westberlin. Die restaurierte Altstadt glänzt im spätsommerlichen Sonnenschein, aber ihre Straßen sind leer. Die Stadt hat ein bekanntes Fliesenwerk und ein Fliesenmuseum. Zu DDR-Zeiten wurden zudem auf der Elbewerft (insolvent 1997) Binnenschiffe und kleine Touristikschiffe (für die großen Ströme der Sowjetunion) gebaut. Bestimmte Werftgebäude durften nur von politisch zuverlässigen Mitarbeitern betreten werden, weil sie unmittelbar an die Elbe und damit fast an die Grenze zur BRD (Niedersachsen) reichten.

Seiner Frau und ihm steht jetzt aber ganz bürgerlich vor allem der Sinn nach Kaffee und Kuchen. Im Café selbst, das merken sie sofort, sitzen nur Stammgäste, die die unbekannten Gäste kritisch mustern. Sie wählen einen Tisch und lassen sich die Kuchenauswahl von einer Bedienung herunterbeten. Als seine Frau etwas später auf der Toilette ist, telefoniert der Wirt, und kurz darauf kommt ein junger Mann ins Café, der offenbar Ware (Kuchen) an einer bestimmten Adresse ausliefern soll. Der junge Mann beklagt sich, dass er sogar am Sonntag arbeiten muss. »Arbeit macht frei«, sagt der Wirt und grinst zufrieden. Die Stammgäste nicken.

Die Wette Auf Reisen schaut er sich manchmal Kirchen an. Soweit es sich um katholische handelt, hat er es (mit Ausnahme des Kölner Doms) noch nie versäumt, ein Opferlicht zu entzünden und den Obolus dafür zu entrichten. Verbunden ist das jeweils mit einem Wunsch, einer Bitte, jedoch nie für sich selbst. Er gehört seit Jahrzehnten zu den Ungläubigen, sagt sich aber, dass man nie wissen kann. Der Einsatz der Opferlichter ist seine Art, die Pascalsche Wette zu praktizieren.

Die wunderbaren Jahre *Es waren wirklich wunderbare Jahre. Ich ging mit einer gewissen Zerstreutheit zur Schule, von der ich im Großen und Ganzen nichts anderes erwartete als das Abitur. Weil ich so nah an ihr wohnte, kam ich morgens häufig zu spät, und nach einer gewissen Zeit hatten sich alle meine Lehrer daran gewöhnt. Die dunklen Flure dieses wilhelminischen Baus rochen im Herbst und Winter nach nassen Mänteln und Jacken, ein Geruch, der müde machte, sobald ich das Gebäude betrat. Müde und etwas zähflüssig vergingen auch die Unterrichtsstunden, an denen weder Lehrende noch Lernende mit großem Enthusiasmus teilnahmen.*

[...]

Es war ein gleichmäßiges Leben ohne Höhepunkte. Die gewaltigsten Bewegungen spielten sich noch in meinem Kopf ab. Die äußeren Bedingungen waren prächtig. Ich hatte keine Geldsorgen, hatte zu Hause ein eigenes Zimmer, in dem ich mich jederzeit in mich zurückziehen

konnte, war nirgends unbeliebt und besaß darüber hinaus einige Freunde, mit denen ich mich vor allem samstags in der berühmten Nische im »Hindenburg« traf.
[...]
Im Laufe der Jahre wurde in dieser Nische über Beckett ebenso gesprochen wie über die Beatles-Filme von Richard Lester, die mit nur geringer Verspätung ihren Weg auch zu uns fanden. Und natürlich sprachen wir über diese Dinge nicht als etwas, was uns äußerlich war. Wenn wir zusammen aus Lesters »Help!« kamen, an einem kalten Februarabend, sogar der Schnee war liegengeblieben, waren wir nicht etwa Murnau, Karlchen, Pappler und Nott, die da Schneebälle warfen, wir waren John, Paul, George und Ringo. [...] Wir waren wechselseitig und nacheinander alles, was in jenen Jahren über Zeitungen, Bücher, das Fernsehen und das Kino in unsere Nische übermittelt wurde. Mit einem Wort, wir waren die Kinder von Karl Marx und Coca-Cola.
[...]
Ich erhoffte durchaus nicht sehnsüchtig das Ende meiner Schulzeit. Da mir die Schule gleichgültig war, ich aber zugleich sah, dass es sich als Schüler angenehm leben ließ, war ich mit den gegebenen Zuständen einverstanden. Es waren wirklich wunderbare Jahre.[41]

An diesen Sätzen, die er vor nun bald fünfzig Jahren geschrieben hat, hätte er auch heute nichts zu korri-

41 Jochen Schimmang, Der schöne Vogel Phönix, Frankfurt/M. (Suhrkamp) 1979, st 527; Neuedition Hamburg (Edition Nautilus) 2013.

gieren. Sie haben ihre Wahrheit behalten; danach gab es vielleicht im Höchstfall wunderbare Wochen, ansonsten einzelne glückliche Augenblicke, die in einem langen Leben kaum völlig ausbleiben können, aber die wunderbaren Jahre kehrten nicht zurück, und andere folgten nicht. Es leuchtet ihm ein, dass das nicht anders sein kann. Er fragt sich nur, ob vielleicht andere, die ähnliches Glück hatten, ihre wunderbaren Jahre in einem anderen Lebensalter erlebt haben, mit fünfundzwanzig oder vierzig und danach auf diese Zeit ebenso fixiert blieben wie er auf die Zeit, da er sechzehn siebzehn achtzehn neunzehn war. Dann wären sie für immer junge Männer (über Frauen denkt er in diesem Zusammenhang nicht nach), die mit ihrer Zukunftsplanung beschäftigt sind, oder Männer vielleicht auf dem Höhepunkt ihrer Karriere, die selbstverständlich schon *eine Familie gegründet* haben: etwas, worüber er nie nachgedacht hat in seinem Leben, auch nachdem er sein eigentliches Lebensalter sechzehn bis neunzehn schon überschritten hatte.

Denn seine wunderbaren Jahre waren reine Jetztzeit, so, wie er sie in seinem ersten Buch (siehe oben) auch im Nachhinein beschrieben hat. Sie vergeudeten die Tage nicht mit dem Nachdenken über Zukunftsplanungen (für ihn stand ohnehin bereits fest, dass er Schriftsteller werden würde, ein Fall, der dann auch eingetreten ist), und sie versanken begreiflicherweise auch noch nicht in Sehnsucht nach der eigenen Vergangenheit, einer Vergangenheit, die gerade erst zarte sechzehn Jahre alt und zudem teilweise der frühkindlichen Amnesie verfallen war.

Die Jahre danach Was danach kam, war keineswegs nur *Bruch*, um Benn zu paraphrasieren, aber es war enttäuschend. Falsch: enttäuscht werden Erwartungen und Hoffnungen, er hatte ja keine in den wunderbaren Jahren. Aber das insgeheim Erwartete, das große Neue, Unbekannte zeigte sich nicht. An den kollektiven Räuschen hatte er nur als vereinzelter Musikhörer Anteil, etwa, wenn Julie Driscoll *Let The Sunshine In* sang und Timothy Leary pries. Sein aktiver Anteil an der Verwirklichung von »Utopie« beschränkte sich auf die zweijährige Teilnahme an einer so burlesken wie bürokratischen Kopie der leninistischen Kaderpartei in einem Intellektuellenzirkel in Westberlin. Um Utopie ging es dabei nicht, sondern darum, in historische Kostüme zu schlüpfen (die Lederjacke des Revolutionärs!), die man zusammen mit einem ebenso historischen und längst verstorbenen Revolutionsmodell aus der Mottenkiste holte. Er glaubte an beides nicht, hatte aber einen Posten und gehörte zum innersten Kader. Diese Farce beendete er immerhin aus eigenem Entschluss; adieu Kostümfest.

Danach: die interessierte Aneignung verschiedener Theorien, der Kritischen zuerst, deren Beharren auf Negativität er schätzte, der er aber auch misstraute, weil sie nach wie vor eine *Geschichtsphilosophie* war und in aller Negativität auf *Hoffnungen* setzte. Dann Strukturalismus und Poststrukturalismus, deren Spieltrieb und Findigkeit ihn reizten, deren dogmatische Formen ihn aber abstießen, so dass am Ende für ihn nur der Verächter der *Doxa* blieb, der *eine* Roland Barthes, der Schriftsteller, der alle Theorie scheinbar hinter sich gelassen hatte.

Und schließlich das erste eigene Buch, an dessen heraufdämmernder Existenz er nie gezweifelt hat während der zwei Jahre, die er daran schrieb. (Die Zweifel an entstehenden Büchern kamen erst später.) Als es da war, überraschten ihn die Reaktionen weniger der Kritik als der privaten Briefschreiberinnen und Briefschreiber, jene zahllosen *ich auch*-Bekenntnisse, die ein Identifikationsangebot annahmen, das er nach seinem eigenen Empfinden gar nicht gemacht hatte. Heute sieht er es so: lauter Leser, die an den Sound der lässigen Hoffnungslosigkeit andocken konnten, der das Buch auszeichnet.

Von jetzt an also war er Schriftsteller, wie er es vorhergesehen hatte. Natürlich Freude über Preise, obwohl gewiss die Kosten für den Akt der ersten Preisverleihung in Düsseldorf mindestens das Fünffache des Preisgelds betrugen. Nach seiner Lesung schoss ein agiler und gut gelaunter Mensch aus dem Publikum aufs Podium zu, beglückwünschte ihn überschwänglich, drückte ihm eine Visitenkarte in die Hand und sagte, er solle sich bei ihm melden. Es handelte sich um den

Bildhauer Norbert Kricke, einen Heros der Nachkriegsmoderne und lange Zeit Leiter der Düsseldorfer Kunstakademie (was er beides damals nicht wusste). Er freute sich über diese spontane Einladung, meldete sich aber später nicht, bis er zwei Jahre danach während eines Ferienaufenthalts in Cornwall in einer deutschen Zeitung einen ausführlichen Nachruf las, aus dem verklausuliert hervorging, dass der Künstler Suizid begangen hatte. Das nachträgliche Bedauern darüber, dass durch seine eigene Trägheit die Begegnung nie zustande kam, meldet sich manchmal noch heute.

À propos Cornwall: Reisen natürlich, weil das in diesen Jahrzehnten selbstverständlich geworden war. Es bestand geradezu eine Verpflichtung zu reisen, um ein vollgültiges Mitglied der Gesellschaft zu sein, schon lange, bevor ein deutscher Verkehrsminister namens Dobrindt das »Grundrecht auf Mobilität« ausrief. Er selbst blieb auch beim Reisen Europäer und hat Europa nur ein einziges Mal verlassen, für eine Woche New York, als es am teuersten und am unsichersten war, 1981 zu Beginn der Reagan-Administration. Wobei er in New York – weiter ist er nicht gekommen – durchaus nicht sicher war, Europa wirklich verlassen zu haben und sich auf dem amerikanischen Kontinent zu befinden. Merkwürdig und sicher auch tadelnswert, dieses geringe Interesse an großen Teilen der Welt, das im Laufe der Jahrzehnte nicht gerade gewachsen ist.

Hartnäckig blieb, ja steigerte sich das Hochstaplersyndrom. Mit jedem Erfolg, den er hatte, mit jedem Preis, den er bekam, wuchs das Gefühl, unverdienten Lorbeer zu ernten, in einer Welt des reinen Als ob zu agieren. War das Gefühl ursprünglich auf seine schriftstellerische Arbeit und Karriere beschränkt, immer von der Angst begleitet, irgend jemand könne plötzlich des Kaisers neue Kleider an ihm entdecken, übertrug es sich später mehr und mehr auf die Sphäre der Lebenswelt selbst und bestimmte, seinem eigenen Empfinden nach, alle seine Handlungen, Entscheidungen und Interaktionen, die nichts *Echtes, Authentisches* an sich hatten. Das andererseits erleichtert ihn im Nachhinein, weiß er doch, dass das Echte und Authentische Phantasmen jener Identitären aller Spielarten sind, die entschlossen zurück zur Reinheit eines mythischen Ursprungs wollen. Demgegenüber zieht er dann doch die Welt des Als ob und den zivilisierten Verkehr unter Hochstaplern vor. Und er hat aufgehört, sich selbst wie früher als den Geringsten unter ihnen zu sehen.

Wenn es um Enttäuschungen geht, steht zweifellos der Sex an erster Stelle. Aufgewachsen in einer Zeit, die mit dem Label *sexuelle Befreiung* etikettiert wurde und deren musikalische Begleitung eine einzige Vergötterung der sexuellen Ekstase darstellte, war in der »Praxis« die Entzauberung unausweichlich. Nicht, dass er nicht vielfach Lust empfunden hätte, auch starke Lust, vor allem in den Stadien der ersten Verliebtheit, aber das allgegenwärtige Versprechen, in einer vollkommen anderen Sphäre zu landen, wurde nicht eingelöst. Sicher ist es keine Definitionsfrage, was man unter einem »Höhepunkt«, einer »Klimax« oder einem Orgasmus zu verstehen hat, sondern hat primär mit dem eigenen Empfinden zu tun. Und da fiele ihm – abgesehen natürlich von der Masturbation, mit der einen Orgasmus zu erreichen eine leichte Übung ist (der Kommissar Faber aus dem Dortmunder *Tatort* hat's wie gewohnt schön böse formuliert: »Masturbation ist Sex mit jemandem, den man wirklich liebt«) –, da fiele ihm also ein einziger Moment in seinem Leben ein, wo das Versprechen eingelöst wurde. Und er ist sich nicht sicher, ob es nicht erst die Erinnerung war, die das Versprechen einlöste, ob er nicht einen Augenblick im Nachhinein verklärt. Jedenfalls blieb der Moment singulär, und er hat ein Buch darüber geschrieben.

Das Beste an all dem: ihm blieb die Erfahrung erspart, was für ein lausiger Vater er gewesen wäre.

Post coitum omne animal triste Er hält das für eine erhebliche Untertreibung, weil es nicht annähernd die maßlose Einsamkeit ausdrückt, die jede(n) der beiden Koitierenden (der Liebenden?) post coitum erfasst. Und nicht den ungeheuren Abstand, der sie schon trennt, noch während sie vielleicht umschlungen liegen.

ChatGPT, so erfährt er von einem Dritten, weiß so viel über ihn: *Er ist 1954 in Wuppertal geboren, hat Germanistik, Theaterwissenschaften und Philosophie in Köln und Berlin studiert, und seine Romane thematisieren vor allem politische und gesellschaftliche Themen. Zu seinen bekanntesten Romanen gehören »Das Gedächtnis der Meere« (2002), »Die Eisbombe« (2006) und »Der große Schatten« (2010). Er hat zudem zahlreiche Essays und Artikel veröffentlicht und war als Journalist und Redakteur für verschiedene Zeitungen und Magazine tätig. Er wurde mehrfach ausgezeichnet und gilt als einer der wichtigsten deutschsprachigen Autoren der Gegenwart.*

Das wäre also auch ein mögliches Leben für ihn gewesen. Er wäre immerhin sechs Jahre jünger, wobei ihm allerdings die Vorstellung, in Wuppertal geboren zu sein, nicht so sehr zusagt, ihm wäre ein Ort im Flachland, vielleicht sogar direkt an der Küste, lieber. Dagegen wünscht er sich beinahe, ein vermutlich sehr poetisches Prosawerk mit dem Titel *Das Gedächtnis der Meere* geschrieben zu haben und bedauert, dazu nicht mehr die Kraft zu haben. Unter *Die Eisbombe* und *Der große Schatten* imaginiert er zwei Dystopien. Dass der letzte Titel, der genannt wird, aus dem Jahr 2010 stammt, erfüllt ihn mit leiser Sorge: *Altern als Problem für Künstler*? Schön wäre es jedoch gewesen, einmal als Redakteur (mit festem Gehalt!) am Profil einer Zeitung oder eines Magazins mitgewirkt zu haben. Die *Frankfurter Allgemeine*? *TransAtlantik*? *Sinn und Form*? *Die Rheinpfalz*? *Der Spiegel*? Leider nichts von alledem.

Aus einer anderen KI-Quelle erfährt er über seinen Roman *Laborschläfer* das Folgende: »*Laborschläfer*« *handelt von einem ehemaligen DDR-Forscher, der in den 1990er Jahren in den Westen übersiedelt und in einem Forschungsinstitut arbeitet. Das Buch beschäftigt sich mit den Themen Identität, Erinnerung und Wissenschaft.* Nach dieser Quelle ist sein Alter übrigens korrekt angegeben, mit einem falschen Geburtsort und der Information, er habe Germanistik, Anglistik und Geschichte in Münster und London studiert.

Sein Roman *Das Beste, was wir hatten* (den es tatsächlich gibt) verarbeitet *die Erfahrungen seiner Eltern im Zweiten Weltkrieg und der Nachkriegszeit.* Weder seine Eltern noch der Zweite Weltkrieg kommen in diesem Roman vor. Weiter: *Der Roman wurde 2009 mit dem NDR Kultur Sachbuchpreis (sic) ausgezeichnet und stand auf der Shortlist für den Deutschen Buchpreis.* Verwiesen wird auch auf den Essayband *Das Vergnügen an der Kunst.* Leider sind weder das Erscheinungsjahr noch der Verlag angegeben, und antiquarisch ist der Band nicht aufzufinden.

Immerhin aber: Germanistik, Anglistik und Geschichte in London! Die wunderbaren Londoner Jahre, als er Marianne Faithfull als Junkie-Wrack auf der Straße begegnet ist und einmal Zeuge wurde, wie Mick Jagger einem Rolls-Royce entstieg! *Forever gone.*

Todesarten Er denkt zunehmend lebensnäher über das eigene Sterben nach. Über Todesarten, die wünschenswert wären, und solche, die er möglichst nicht erleiden möchte. Das ist angemessen; die entsprechenden Vorstellungen verlieren etwas von der unbestimmten Ferne und dem Abstrakten, sind dabei aber noch immer nicht Teil seiner alltäglichen Praxis, sind immer noch Ausnahmegedanken, stimmungsgetragen. Den Satz, dass der Tod zum Leben gehöre, hält er für Unsinn; das Sterben aber gehört selbstverständlich dazu und nimmt in seinem Denken einen viel größeren Raum ein als etwa vor fünfzig oder fünfundzwanzig Jahren.

Er hat sich vorgenommen, unheilbare Krankheiten nicht mit allen zur Verfügung stehenden Therapien zu bombardieren, sondern sich stattdessen in die freundlichen Hände der Palliativmedizin zu begeben. Freilich weiß er nicht, wie er sich verhalten wird, wenn es so weit kommt. Außerdem käme auch der einsame oder assistierte Tod aus Altersgründen durch Suizid in Frage. In der Zeitschrift *Humanes Leben Humanes Sterben*, dem Periodikum der *Deutschen Gesellschaft für Humanes Sterben (DGHS)*, hat er den Ausdruck »lebenssatt« entdeckt, der eine ganz andere Konnotation hat als »lebensmüde«.

Am liebsten wäre ihm, wie wohl der Mehrzahl der Menschen, die Todesart »sanft entschlafen«. Das ist nicht besonders originell, und er möchte auch nicht besonders originell sein. Mit diesem tröstlichen Gedanken im Hintergrund wendet er sich wieder dem Alltag zu, dabei die stille Mahnung im Hintergrund bewahrend, es *rechtzeitig* zu beenden, *bevor es zu schlimm wird.* Denn er kennt kaum ein schlimmeres Schreckensbild als das ewige Leben.

Korffnovelle Als Gregor Korff damals, Frühjahr 2017, in Amsterdam an der Tür des Hauses am Recht Boomssloot geklingelt hatte,[42] tat sich eine Minute lang nichts. Dann hörte er den gemessenen Schritt eines Erwachsenen (nicht Blaženka, nicht Zlatko), die Haustür wurde geöffnet, und ein jugoslawischer Riese stand vor Korff und lächelte auf ihn herab. Korff hatte sich nicht angemeldet, aber der südslawische Riese wusste Bescheid und sagte: »Schön, dass Sie unsere Einladung angenommen haben.«

Das Haus, das von außen wie viele Amsterdamer Häuser einen Eindruck der Beengtheit erweckt, ein schmales Handtuch eben, erweist sich wie seine Verwandten und Nachbarn dann als in die Tiefe reichendes Labyrinth, in dem Gregor Korff ein großzügiges Gästezimmer zugewiesen bekommt mit Blick auf den kleinen Garten hinterm Haus.

Herr Milutinović hat es vor fünf Jahren erworben. Er lebt seit fast zwei Jahrzehnten in der Stadt. Seine Branche heißt Import/Export. Er telefoniert viel in seinem

42 Jochen Schimmang, Altes Zollhaus, Staatsgrenze West, Hamburg (Edition Nautilus) 2017.

winzigen Büro im Oudezijds Kolk, und noch einmal so viel zu Hause und auf der Straße mit einem seiner Handys. Zlatko und Blaženka besuchen die Schule. In den ersten Tagen umschleichen sie Gregor, als hätten sie noch ein schlechtes Gewissen, ihn bestohlen zu haben, dann aber überreden sie ihn, ja zwingen ihn zu etwas, was er allein nie unternommen hätte, nämlich eine Grachtenrundfahrt ab dem Anleger Damrak. Ein so offenkundiges Touristenspektakel hätte er bis dahin entrüstet abgelehnt, aber die Kinder, die inzwischen eine Melange aus Serbisch, Niederländisch und ein ganz klein wenig Deutsch sprechen, zerren ihn geradezu aufs Boot. Sie haben die Rundfahrt schon dreimal gemacht, erzählen sie ihm, und er begreift schließlich, dass sie sie dazu benutzen, in der neuen Stadt, in der sie unter der Obhut ihres Onkels bleiben sollen, selbst noch Fuß zu fassen und sie mehr und mehr zu ihrer eigenen zu machen. Blaženka kann die zweisprachigen (Englisch/Niederländisch) Erläuterungen des Fremdenführers streckenweise schon auswendig und wiederholt sie oder nimmt sie vorweg. Zlatko zeichnet derweil das Amsterdam, an dem sie vorbeifahren; er zeichnet auch einen Mann, der gerade von einem kleinen Lastkahn aus ins Wasser pinkelt. Der Onkel will ihm demnächst einen exzellenten Zeichenlehrer besorgen, der Preis spielt keine Rolle, Import/Export gibt das allemal her.

Am Tag vor seiner Abreise plaudert Korff mit Herrn Milutinović über dies und das, auch über das untergegangene Jugoslawien, in dem Herr M. sich wohlgefühlt hatte, weshalb er sich damals gleich zu Beginn der Kriegshandlungen aus dem Staub machte. Es ist vier Uhr nachmittags, Herr M. hat sich zu Ehren seines Gastes einen ganzen Tag frei genommen, abends wird man gemeinsam essen gehen, die Kinder auch dabei. Das Wetter ist sommerlich, sie sitzen vor einer Bar am Leidseplein, und Herr M. erzählt, dass er sich nach den harten Anfängen sehr schnell auch in Amsterdam sehr wohlgefühlt und nie einen Gedanken darauf verschwendet habe, in seine Heimatstadt Subotica zurückzukehren, in der es, wie er nicht ohne Stolz erzählt, seit ihrer Gründung immer sehr international zugegangen sei. In diesem Moment fallen in unmittelbarer Nähe mehrere Schüsse, Herr Milutinović versucht, Gregor zu Boden zu reißen, aber den hat schon ein Querschläger getroffen. Später wird sich herausstellen, dass es sich um den missglückten Mordanschlag auf einen Journalisten handelt, der in Sicherheit gebracht werden kann. (Der Mord gelingt erst vier Jahre später.) Gregor Korff dagegen teilt den Rettungssanitätern noch mit, dass ihm plötzlich sehr kalt sei, und dann ist es endgültig aus mit ihm.

Terrain vague Gestern, jenseits des Gewerbegebiets, in der Graswildnis ein Trampelpfad, der zur Autobahnauffahrt führt. Sehr deutlich, als ein plötzliches Aufblitzen, die Erinnerung an die Gestimmtheit von damals, vor sechzig Jahren; er ist fünfzehn und auf einer anderen Brache unterwegs, zwischen verwilderten Gärten und einer Baustelle. Er stellt sich die Frage, ob er Landstreicher werden soll oder Schriftsteller, Molloy oder sein Autor. Oder ob – im Niemandsland – sogar beides ginge. Sehnsucht nach diesem Augenblick. Wissen, dass sie nicht erfüllt werden kann.

(Juli 2022–August 2023)

Jochen Schimmang bei Nautilus

LABORSCHLÄFER / Roman
Gebunden mit Schutzumschlag / 328 Seiten
ISBN 978-3-96054-278-0
»Wie vermischen sich persönliches Erleben und historische Realität? Virtuos schöpft Jochen Schimmang aus den Aufwachprotokollen seiner Hauptfigur eine Zeit- und Gefühlsgeschichte der Bundesrepublik (…). Ein melancholischer, gelassener Roman mit unvorhersehbaren humoristischen Sprengsätzen.« Helmut Böttiger, Deutschlandfunk Kultur

ADORNO WOHNT HIER NICHT MEHR
Erzählungen
Gebunden mit Schutzumschlag / 208 Seiten
ISBN 978-3-96054-200-1
Jochen Schimmang übt sich in Abwesenheitspflege: In melancholischen bis heiteren, zum Teil autobiografisch gefärbten Geschichten erzählt er von Formen und Figuren des Verschwindens. Von Menschen, Gebäuden, ganzen Vierteln; von Techniken, Gesten, Sprechweisen.

ALTES ZOLLHAUS, STAATSGRENZE WEST / Roman
Gebunden mit Schutzumschlag / 192 Seiten
ISBN 978-3-96054-035-9
»Schimmang ist ein versierter Erzähler, ein Stilist, der aus dem Aufeinandertreffen dieser sehr unterschiedlichen, aber stets hoch sympathischen Menschen Momente schnitzt, die gleichzeitig beiläufig und feierlich erscheinen, die Unterschiede, sei es solche des Alters oder solche des sozialen Stands, glaubwürdig und nachhaltig aushebeln.« Jochen Overbeck, Spiegel Online

Jochen Schimmang bei Nautilus

GRENZEN RÄNDER NIEMANDSLÄNDER
51 Geländegänge
Gebunden mit Schutzumschlag / 160 Seiten
ISBN 978-3-89401-798-9
Eine persönliche Kulturgeschichte des Verschwindens und des Verstecks sowie eine Poetik des Reisens.
»Anspielungsreich, theoriegesättigt und elegant geschrieben.«
Oliver Pfohlmann, Deutschlandfunk Büchermarkt

NEUE MITTE / Roman
Gebunden mit Schutzumschlag / 256 Seiten
ISBN 978-3-89401-741-5
»Schimmang setzt der Realität seines Bonn-Romans die schwarze Utopie eines Zukunfts-Berlins entgegen – und trifft damit erstaunlich oft unsere Gegenwart.« buchjournal

DAS BESTE, WAS WIR HATTEN / Roman
Neuausgabe / Broschur / 320 Seiten
ISBN 978-3-96054-356-5
»Wie die unbehausten Glückssucher seiner Bücher in der Liebe, im Leben und an der Politik scheitern – das ist bei dem Erzähler Jochen Schimmang immer auch eine Geschichte unserer Mentalitäten, Sehnsüchte und Irrtümer.«
Holger Schlodder, NDR Kultur

DER SCHÖNE VOGEL PHÖNIX / Roman
Neuausgabe mit einem Nachwort von Helmut Lethen
Broschur / 352 Seiten / ISBN 978-3-89401-780-4
Davon träumt der junge Murnau Ende der 60er Jahre in Berlin: unverzichtbar zu sein in dieser Zeit. Jochen Schimmangs Debütroman von 1979 ist eine sehr individuelle Geschichte, die gleichzeitig eine extrem kollektive ist.
